大瘟疫

伦敦女孩爱丽丝的日记 | 1665年—1666年 |

〔英〕帕梅拉·奥德菲尔德 著 安琪 译

人民文学出版社
PEOPLE'S LITERATURE PUBLISHING HOUSE

著作权合同登记号　图字 01 - 2021 - 4685

图书在版编目(CIP)数据

大瘟疫：伦敦女孩爱丽丝的日记/(英)帕梅拉·
奥德菲尔德著；安琪译. —北京：人民文学出版社，
2016(2023.5 重印)
（日记背后的历史）
ISBN 978-7-02-012055-0

Ⅰ. ①大… Ⅱ. ①帕… ②安… Ⅲ. ①儿童小说-中
篇小说-英国-现代 Ⅳ. ①I561.84

中国版本图书馆 CIP 数据核字(2016)第 234811 号

责任编辑　李　娜　王雪纯
装帧设计　李　佳

出版发行　人民文学出版社
社　　址　北京市朝内大街 166 号
邮政编码　100705

印　　制　山东新华印务有限公司
经　　销　全国新华书店等

字　　数　79 千字
开　　本　890 毫米×1240 毫米　1/32
印　　张　5.5　插页　2
版　　次　2017 年 4 月北京第 1 版
印　　次　2023 年 5 月第 3 次印刷

书　　号　978-7-02-012055-0
定　　价　45.00 元

如有印装质量问题，请与本社图书销售中心调换。电话：010-65233595

序

老少咸宜，多多益善
——读《日记背后的历史》丛书有感

钱理群

这是一套"童书"；但在我的感觉里，这又不止是童书，因为我这七十多岁的老爷爷就读得津津有味，不亦乐乎。这两天我在读"丛书"中的两本《王室的逃亡》和《法老的探险家》时，就有一种既熟悉又陌生的奇异感觉。作品所写的法国大革命，是我在中学、大学读书时就知道的，埃及的法老也是早有耳闻；但这一次阅读却由抽象空洞的"知识"变成了似乎是亲历的具体"感受"：我仿佛和法国的外省女孩露易丝一起挤在巴黎小酒店里，听那些平日谁也不注意的老爹、小伙、姑娘慷慨激昂地议论国事，"眼里闪着奇怪的光芒"，举杯高喊："现在的国王不能再随心所欲地把人关进大牢里去了，这个时代结束了！"齐声狂歌："啊，一切都会好的，会好的，会好的……"我的心都要跳出来了！我又突然置身于3500年前的神奇的"彭特之地"，和出身平民的法老的伴侣、十岁男孩米内迈斯一块儿，突然遭遇珍禽怪兽，紧张得屏住了呼吸……这样的似真似假的生命体验实在太棒了！本来，自由穿越时间隧道，和远古、异域的人神交，这是人的天然本性，是不受年龄限制的；这套童书充分满足了人性的这一精神欲求，就做到了老少咸宜。在我看来，这就是其魅力所在。

而且它还提供了一种阅读方式：建议家长——爷爷、奶奶、爸爸、妈妈们，自己先读书，读出意思、味道，再和孩子一起阅读，交流。这样的两代人、三代人的"共读"，不仅是引导孩子读书的最佳途径，而且还营造了全家人围绕书进行心灵对话的最好环境和氛围。这样的共读，长期坚持下来，成为习惯，变成家庭生活方式，就自然形成了"精神家园"。这对孩子的健全成长，以至家长自身的精神健康，家庭的和睦，都是至关重要的。——这或许是出版这一套及其他类似的童书的更深层次的意义所在。

我也就由此想到了与童书的写作、翻译和出版相关的一些问题。

所谓"童书"，顾名思义，就是给儿童阅读的书。这里，就有两个问题：一是如何认识"儿童"，二是我们需要怎样的"童书"。

首先要自问：我们真的懂得儿童了吗？这是近一百年前"五四"那一代人鲁迅、周作人他们就提出过的问题。他们批评成年人不是把孩子看成是"缩小的成人"（鲁迅：《我们现在怎样做父亲》），就是视之为"小猫、小狗"，不承认"儿童在生理上心理上，虽然和大人有点不同，但他仍是完全的个人，有他自己的内外两面的生活。儿童期的十几年的生活，一面固然是成人生活的预备，但一面也自有独立的意义和价值"（周作人：《儿童的文学》）。

正因为不认识、不承认儿童作为"完全的个人"的生理、心理上的"独立性"，我们在儿童教育，包括童书的编写上，就经常犯两个错误：一是把成年人的思想、阅读习惯强加于儿童，完全不顾他们的精神需求与接受能力，进行成年人的说教；二是无视儿童精神需求的丰富性与向上性，低估儿童的智力水平，一味"装小"，卖弄"幼稚"。这样的或拔高，或矮化，都会倒了孩子阅读的胃口，这就是许多孩子不爱上学，不喜欢读所谓"童书"的重要原因：在孩子们看来，这都是"大人们的童书"，与他们无关，是自己不需要、无兴趣的。

那么，我们是不是又可以"一切以儿童的兴趣"为转移呢？这里，也有两个问题。一是把儿童的兴趣看得过分狭窄，在一些老师和童书的作者、出版者眼里，儿童就是喜欢童话，魔幻小说，把童书限制在几种文类、有数题材上，结果是作茧自缚。其二，我们不能把对儿童独立性的尊重简单地变成"儿童中心主义"，而忽视了成年人的"引导"作用，放弃"教育"的责任——当然，这样的教育和引导，又必须从儿童自身的特点出发，尊重与发挥儿童的自主性。就以这一套讲述历史文化的丛书《日记背后的历史》而言，尽管如前所说，它从根本上是符合人性本身的精神需求的，但这样的需求，在儿童那里，却未必是自发的兴趣，而必须有引导。历史教育应该是孩子们的素质教育不可缺失的部分，我们需要这样的让孩子走近历史、开阔视野的人文历史知识方面的读物。而这套书编写的最大特点，是通过一个个少年的日记让小读者亲历一个历史事件发生的前后，引导小读者进入历史名人的生活——如《王室的逃亡》里的法国大革命和路易十六国王、王后；《法老的探险家》里的彭特之地的探险和国王图特摩斯，连小主人翁米内迈斯也是实有的历史人物。每本书讲述的都是"日记背后的历史"，日记和故事是虚构的，但故事发生的历史背景和史实细节却是真实的，这样的文学与历史的结合，故事真实感与历史真实性的结合，是极有创造性的。它巧妙地将引导孩子进入历史的教育目的与孩子的兴趣、可接受性结合起来，儿童读者自会通过这样的讲述世界历史的文学故事，从小就获得一种历史感和世界视野，这就为孩子一生的成长奠定了一个坚实、阔大的基础，在全球化的时代，这是一个人的不可或缺的精神素质，其意义与影响是深远的。我们如果因为这样的教育似乎与应试无关，而加以忽略，那将是短见的。

　　这又涉及一个问题：我们需要怎样的童书？前不久读到儿童文学评论家刘绪源先生的一篇文章，他提出要将"商业童书"与"儿童文学中的顶尖艺术品"作一个区分（《中国童书真的"大胜"了吗？》，载 2013 年 12 月 13 日《文汇读书周报》），这是有道理的。或许还有一种"应试童书"。这里不准备对这三类童书作价值评价，但可以肯定的是，在中国当下社会与教育体制下，它们都有存在的必要，也就是说，如同整个社会文化应该是多元的，童书同样应该是多元的，以满足儿童与社会的多样需求。但我想要强调的是，鉴于许多人都把应试童书和商业童书看作是童书的全部，今天提出艺术品童书的意义，为其呼吁与鼓吹，是必要与及时的。这背后是有一个理念的：一切要着眼于孩子一生的长远、全面、健康的发展。

　　因此，我要说，《日记背后的历史》这样的历史文化丛书，多多益善！

　　　　　　　　　　　　2013 年 2 月 15—16 日

1665 年
伦敦皮革巷附近

1665年5月9日

星期二。今天我开始写新的日记，并为它找到了一个新的藏身之处——我阁楼卧室的天花板横梁之后。那里原本有一个狭小的空隙，我用手指将它弄大了一些。不会有人发现的。旧日记本搁在床底下的衣柜深处。真幸运我们住在一幢舒适的房子里。有些人家只能挤在一个房间里。如果我非得跟别人共用一间卧室，我就什么秘密都没有了。

就从爸爸答应带我们去公爵剧院观看一场名为《穆斯塔法》的演出开始记录吧。一起去的，除了我，还有爸爸和我妈妈的姐姐内尔姨妈。我的妈妈莱蒂希娅在我出生之时便撒手人寰，不过我遗传了她的黑发和灰色眼眸。小时候我曾想叫内尔姨妈"妈妈"。这不过是一种孩子气的表现，然而她却决不会答应。

因此……我的第一场演出。谢谢你，爸爸。

明天要坐船去伍尔维奇，在约翰叔叔的农场住上两天。内尔姨妈已经做了一大盘姜饼当作礼物。为了庆祝新生儿的诞生，我为他买了一枚象牙戒指。

玛吉（我们的住家女佣）住在圣吉尔斯的邻居染上了斑疹热，他们觉得她快死了。

5月11日

两天过去了，我正待在我亲爱的伦敦的家里。（因为害怕有人偷看，我从未将我的日记带去约翰叔叔家。那里的孩子太多了。）我已经顺利地从伍尔维奇回家了，路上还遇见了一个最讨人喜欢的船工。我敢肯定这个厚颜无耻的坏蛋发现了我对他的迷恋，虽然这样一个男人永远都不会爱上我。可他趁着内尔姨妈忙着盯着水面瞧的时候冲我眨了眨眼，我真害怕羞红的脸庞会将我出卖。然而，内尔姨妈对此一无所知。

感谢上帝这只是一次短暂的拜访。约翰叔叔的孩子们又吵又闹，上帝保佑他们，而新生儿有时会放声痛哭上几个小时。我把象牙戒指给了他，可他却把它扔到了地上。玛丽婶婶说等他长大一些她会把戒指给他。我虽有抱怨，但他们都是好人，而且是爸爸这边我所拥有的全部家人。约翰叔叔跟爸爸长得极像，只是更胖，头发也更多。堂妹安妮的腿没我上次见她时那么瘸了。她有先天性长短腿。玛丽婶婶一开始宣称一个当地的女巫向她施了邪恶的目光，然而内尔姨妈很耐心地同她交谈，驱散了这个想法。现在鞋匠已经为安妮做了一双鞋，穿在短腿上的那只鞋安着厚鞋跟和鞋底。

约翰叔叔同往常一样满载着食物送我们回家。我想他认为城镇居民总是营养不良。他送给我们三只刚捕来的兔子、一篮子鸡蛋和两罐由他饲养的蜜蜂采集的蜂蜜。我因为害怕再被蜜蜂蜇到，于是躲得远远的。让内尔姨妈欢天喜地的蜂蜜可是无价之宝，她酷爱甜食。

我从十八岁的凯特堂姐那里得知了一个可耻的秘密。她未婚先孕了。孩子的父亲来自纽卡斯尔——在一艘运煤船上当水手。当他下一站在伦敦靠岸时，他们将匆忙结婚。她说他是个矮个子，身上布满了天花留下的疤痕，性格却挺开朗。他的名字叫作杰姆。因为害怕爸爸发怒，我应该永远也不会未婚先孕。约翰叔叔禁止凯特向任何人说起这件事，因此我不敢告诉内尔姨妈。（可我告诉了玛吉。）

玛丽婶婶又一次嘲笑我不敢骑马。为了证明她是错的，我骑上了一匹枣色大马，却摔在了干草上，这让他们哈哈大笑。就连内尔姨妈也不例外，这让我失望极了。如果说我再也不会骑马，尚为时过早。

我为一头奶牛挤了奶，可这只可怜的动物却下定决心要把牛奶桶踢翻。农活一点儿都不合我的胃口。感谢上帝爸爸不是一名农夫。

约翰叔叔的老仆人汉娜在我们到的那天去世了。她才四十九岁——正当盛年——死在半英里开外她自己的床上。玛丽婶婶把这个消息说给蜜蜂们听。她走去蜂房，低声说出这个消息，把一条黑色绉绸系在蜂房顶上。我对此十分好奇，于是问小堂妹贝思她为什么要这么做。

"如果我们不告诉蜜蜂们，它们就会四处乱飞或因悲伤而死。"她说。

第二天

回到伦敦真好。（我做的第一件事是到卖饼人那里买了一个羊肉馅饼，同乖乖一起分享了它。）我想念城市的喧嚣，走在鹅卵石路面上咯噔咯噔的声音，还有小贩们的叫卖声。内尔姨妈觉得我疯了。如果可能的话她会搬去乡下的村舍。她发现乡野宁静平和。无聊，这是我的想法。我不喜欢这样的生活。城市充满了一直以来我所熟悉和热爱的生机与色彩。

昨天从马上掉下来以后，我的大腿上有一大块瘀青。要是干草再多一点儿就不会这样了。这可不是闹着玩的。我很有可能会脑袋着地，摔得脑袋开花。

5月13日

对我来说真是不幸的一天。内尔姨妈发现她的拇指里有一根刺，让我把它弄出来。刺卡得死死的，于是我不得不深入她的皮肤深处。她知道我多讨厌干这

7

事儿。看见她畏缩的模样让我反胃。我永远也当不了医生。

5月15日

毛茸茸的小狗乖乖咬到我的手了，真是忘恩负义。可它的皮毛看上去如丝般光滑。内尔姨妈说我该替它洗洗澡，可它讨厌洗澡。我说我一两天里会替它洗澡的。

"小洞不补……"我就知道她会这么说。

5月16日

今天晚上爸爸心情郁闷。他压低声音同内尔姨妈交谈，还叫我别偷听。内尔姨妈管我叫"长着一对大耳朵的尖耳小鬼"，可我十三岁了，已经不是个孩子了。如果发生了不幸的事，我应该知道。

我闷闷不乐地来到厨房。玛吉十六岁，只有她平等地对待我。她告诉我他们说的是瘟疫，消息很糟糕。瘟疫正从大洋彼岸传入英格兰。一年前它肆虐于荷兰，已经流传到了意大利和其他地方。

"现在它来到了这里，"她说，"伦敦。过去七天圣吉尔斯死了三十二个人。"

"死于瘟疫？"我问，被震惊了。

她耸了耸肩。"大多数人声称得了斑疹热，可官方已经派遣了作为'搜索者'的女性调查真相。"

我因为害怕或许会降临于我们这个大城市的厄运而难以入眠。

5月17日

内尔姨妈得到一张制作缓解烫伤和烧伤药膏的新配方。不幸的是玛吉正忙于清洗一浴缸床上用品，制作药膏的活儿就落到了我的头上。我将猪油烧沸，煮了一个小时把油澄清。与此同时我分离出两个蛋黄，将其打入冷却后的猪油中，这活儿可不简单。我终于出声抱怨手腕疼，却被严厉告知我"已经不是个孩子了"。（谢天谢地终于有人意识到了。）接着，"把它写在你的家庭用药簿上。"内尔姨妈说。那意味着我必须端端正正地把它抄写一遍。真是一项令人厌倦的任务，完全不合我的心意。而我会用那本该死的簿子吗？我今年十三岁，一个追求者都没有。如果所有的男人只是在遥远的船尾冲我眨眨眼，我该如何成立自己的家庭？

我实在太无聊了，于是提出帮玛吉晾晒床单，可她却埋怨我任凭床单拖在地上，又把它弄脏了。真不想回想这一天。或许我应该只记录美好的日子。可那样的话这就会变成一本很薄的日记。

5月18日

玛吉怪怪的，我逼她告诉我原因。

"如果发生瘟疫，我一定会死，"她悲伤地告诉我，"因为我该死。"

"该死？为什么？怎么会？"

"我出生于 1649 年 1 月 30 日——查理国王① 被斩

_____

① 指查理一世。

首的日子。"

可怜的人。我一点儿也不羡慕她有这样一个生日。

5月20日

我一整天都在为瘟疫烦恼，根本没法在钩针上专心。那个讨厌的小领子。我发誓我永远也不会穿它。我织得乱七八糟，直到内尔姨妈对我彻底失去了耐心。我想要谈论瘟疫，却害怕将其宣之于口。我无法相信灾难即将来临。我生于伦敦，一直住在这里。我们不能在这里染上瘟疫。想象一下如果国王要带走那些病人和死者，我们将面临什么。毫无疑问上帝一定不会允许的。我坚信那些谣言——毫无实质的谣言只是谣言而已。

5月21日

礼拜日。太过温暖的5月。做完礼拜，内尔姨妈说服爸爸让我们往上游的方向散散步，呼吸一下新鲜空气。他也应该加入我们，她说，再把他的钓竿带来。他谢绝了，推说工作太忙，还说我们应该带上玛吉自己去。

"你想要摆脱女人们。"内尔姨妈取笑道，而他也并不否认。

在他改变主意之前，我们打包了一篮食物，出发了。河流如此平静，很难想象两年前河水上涨，直到将白厅①淹没。而在深秋之时它常常隐没于浓密的烟雾之中。今天水流平缓，河面闪烁着阳光，河流两端船只往来频繁——平底货船、小艇，还有其他许多船只，大小不一。

一艘外观优雅的船只满载着富有的王室成员从我们身边经过。我们能有幸得见，是因为王室下个月要搬去牛津避暑。船上还有一支小型弦乐与诗琴乐团正演奏流行乐曲。乐声回荡在水面上。我们全都心醉神迷。爸爸也会喜欢的。

"你父亲一定会充满感情地放声高唱。"内尔姨妈说。

没错，我想。爸爸一直幻想自己是名歌手，他也

---

① 英国街道名。

确实是一名歌声悦耳的男中音歌手。有一次内尔姨妈告诉我，爸爸和妈妈曾经在夜晚一起歌唱。

"莱蒂最喜欢的曲子是《绿袖子》①。"她微笑着回忆往昔。

"《绿袖子》也是我的最爱。"我告诉她，虽然在此之前我从未听说过这首曲子。

我希望自己能想象姐妹俩在一起时的画面，直到我的出现结束了她们的欢乐时光。我努力想象爸爸热切求婚的形象，或是一个因天赐良缘所带来的惊喜而兴奋不已的年轻人。然而可悲的是我做不到。

看着那么多满载着乘客的渡船，我害怕河岸会被挤得人山人海。河岸一向拥挤，却从未出现今天这样的盛况，因此我们连个上岸的地方都找不到。我们在一处与众不同的地方靠了岸，莱蒂与内尔曾同她们的妈妈在此地散步——还有一个现在已经去世的哥哥。我总是在想要是妈妈的灵魂依然在那里徘徊，是否会走近我。如果她真的靠近，我会知道吗？我会有感觉吗？

我们已经就着内尔姨妈自己做的面包吃了白切鸡

---

① 英国民谣。

和一份蔬菜沙拉，还喝了约翰叔叔的苹果酒，消灭了一只奶油蛋挞。后来就没再走什么路。内尔姨妈在树下打盹，玛吉和我游走在田野间采摘金凤花，做雏菊花环。我们尽可能地同一群奶牛和几头在一片橡树下刨土的猪保持距离。两位绅士骑马经过，向我们脱帽致礼。我喜欢金发、眼神飘忽不定的那个，玛吉却更中意年长的那位，他皮肤黝黑，完全不对我的胃口。

"他们是父亲和儿子，"我打趣说，"我应该跟年龄小的男人结婚，把父亲留给你！"

玛吉装作大吃一惊。"哎呀，哎呀，爱丽丝·佩顿。你真是飞速长大了。"接着我们一起哈哈大笑。

幸运的是内尔姨妈什么都没听见。

四点左右我们回家了，这次远足我们感到非常满意。

5月22日

星期一。无事可记。今天晚上内尔姨妈心情不好，因为连衣裙差点儿毁掉了。今天早上她去萨瑟克区看望一个朋友，回来的时候正赶上退潮，她发现楼梯平台上积满了泥浆。脸色阴沉的船工拒绝帮她下船，她还滑了一跤，差点儿掉进水里。姨妈被激怒了，拒绝支付船费，快步离开岸边，耳畔回荡着船工刺耳的诅咒。玛吉已经洗了衬裙，可我们只能等连衣裙干了才有可能将上面糟糕的泥浆刷干净。

鲁蒂尔达先生来为我上音乐课。我无法抵抗他和蔼的蓝色眼眸，于是为了他吊起了嗓子，直到我厌倦地只想尖叫。可他答应下回来的时候带一张新歌谱来。倒要看看他会不会记得。

5月24日

搜索者们似乎已经发现了许多欺骗行为。许多疫情病历未被报告，爸爸说疫情暴发无可避免。内尔姨妈说我们必须信任上帝，他会庇护我们。爸爸摇了摇头，叹了口气。内尔姨妈说爸爸在妈妈生下我去世时便失去了信仰。可我却不曾拥有如此可怕的回忆，也不会因为悲观的预言而垂头丧气。星期天我要在教堂长长地努力祈祷，相信上帝。

第二天

写这些的时候，我的脑袋一阵阵抽痛。今晚我同玛吉一起坐了差不多一个小时，当时她正同写字这事儿搏斗。她写信的速度很慢，可至少勉强会写字了。爸爸说这是进步。三年前她来我们家时什么都不会——只会狠命拍打毯子。她有强壮的胳膊和宽阔的肩膀，因为我们没有男仆，所以这两项优点派上了用场。内尔姨妈已经教她了点儿阅读，于是可怜的玛吉有一次费劲地读了半小时《圣经》。我承认自己厌倦了写作课，可爸爸说拥有一位受过教育的仆人是值得赞扬的事。内尔姨妈说这训练了我的耐心（我一点儿都不想学）。我也知道（如上帝许可）有朝一日我需要教自己的孩子读书和写字。

5月26日

今天调音师来为维金纳琴[1]调音。他说温暖的气

---

[1] 16、17世纪一种琴弦与键盘平行的方形旧式钢琴。

候对琴没好处，冬天的炉火冒出的烟雾会让琴键变色。他还抬高了价格。爸爸从办公室回来的时候不太高兴。

今天早上玛吉吼了我。她牙疼，已经用了许多丁香油，于是内尔姨妈让她去药剂师那里再买些来。接着她花了二十分钟转动铁叉烤鸡（幸好这只鸡没那么大），并且抱怨炉火的高温。她建议我们让乖乖在一只轮子上奔跑，以此来转动铁叉。我发了大脾气，再也不跟她说话，直到晚上她向我道歉。

5月27日

今天玛吉的心情又不太好，让我也十分不快。下午我拿起院子里的皮桶时，发现里面有只死老鼠。我惊声尖叫，扔下了水桶，而玛吉说我是笨蛋。我不信在可怕的景象面前她会比我勇敢，哪怕一点点。她说它极有可能死于瘟疫，我一度想告诉内尔姨妈，可我后来改变了主意，由于害怕带来厄运，我们不得谈论瘟疫。

如果玛吉离开我们，新来的女仆可能更糟。至少我们大多数时候还是朋友。

5月28日

礼拜日。去教堂——去我们在圣安德鲁教堂的专用厢席——路上因为观看街头杂耍迟到了。其中一个杂耍艺人语出幽默，让观众开心不已。就连内尔姨妈都因为他的玩笑话哈哈大笑。我要嫁给一个能让我开怀大笑，让我远离忧愁的男人。一个永远也不会对我大吼大叫或说我粗心大意（就像内尔姨妈那样）或对我的歌声怨声载道（好像爸爸）或对我的狗狗不客气（就像玛吉）的男人。

5月29日

王室爆发了一个大丑闻，具体细节爸爸是从皮佩斯先生那里听说的。上周五罗切特爵士试图同某位既年轻又富有的马利特太太私奔。事前商定后，她从自己的马车上被掳走，被捆上了另一辆马车。罗切特爵士快马加鞭在后追赶，却被人逮住，此刻正因其犯下的罪恶被关押在塔上受刑。据说国王对此极为不满。

"那马利特太太有消息吗？"我问。

"杳无音信，"爸爸说，"她被神秘地带走了。"

"这不关我们的事，"内尔姨妈说，"你问得太多了。"

爸爸只是耸了耸肩。

"他们都不会有好下场的！"内尔姨妈说，并发出啧啧的声音。

我的姨妈，上帝保佑她，灵魂中没有浪漫二字。对我来说，我觉得这是我所听过的最浪漫的事。一个漂亮姑娘遭遇绑架，被人偷走，而一个热情奔放的男子则因对她的爱而被囚禁。爸爸不以为然地摇了摇头（他完美演绎了这个表情），可我却要祈祷这对情侣能团聚。我承认自己想要为这则新闻欢呼。这些令人兴奋不已的事件才是伦敦生活的本质。区区乡下怎能同这样一个城市比较？对乡下人来说，一头失控的牛或是一个着火的茅草屋顶无疑便是他们所能盼望的最刺激的事了。

5月30日

星期二。关于那位逃跑的女士没有更多的消息，可是罗切特爵士依然被关在塔里。如玛吉所说，他也还活着。这并非谋逆之罪，可看见他的脑袋同其他罪犯的脑袋一起被悬于伦敦桥柱之上会让人伤心欲绝的。

现在我要说一个天大的秘密。永远也不能让爸爸知道。今天玛吉告诉我一个著名的算命师在勒顿豪市场附近挂牌营业了。他声称自己是来自北方的女巫——希普顿修女①的远方表亲。不用任何邪恶之法他便能看见未来。我决定拜访他，为了确定假如瘟疫突然降临在我们身上，我们所有人能不能活下去。

---

① 希普顿修女（1488—1561），是一位巫师，也是一位女先知，是16世纪具有传奇色彩的人物，她生前的预言在死后数百年奇迹地灵验了。

6月2日

又发生了激动人心的事，只是性质完全不同。爸爸告诉我们英国舰队应该很快就要跟数量远超我方的荷兰舰船交战。我猜船只的数量或许被夸大了，但爸爸坚持己见。皮佩斯先生说什么就是什么，因为爸爸总是对他洗耳恭听。爸爸十分自豪自己为海军局工作。

为了让他高兴，今天早晨我跟内尔姨妈一起前往圣保罗教堂，跪下为我们勇敢的水手们祈祷，并请求上帝赐予英格兰伟大的胜利。

"我担心荷兰人也会祈祷，"我悄声对内尔姨妈说，"上帝会怎么做？"

她用胳膊肘重重地推了我一下，嘘声说我亵渎神明。

约翰叔叔寄来一封信，说假如瘟疫蔓延到了城市，内尔姨妈和我应该尽快搬去他们在伍尔维奇的家。爸爸说这么做很明智，可内尔姨妈却反对。我也不同意。几周甚至几个月同那吵闹的一家待在一起，我会崩溃的。我能跟他们乐融融地生活几天，但如果时间更长就会变成一种折磨。而且如果我们走了的话，谁来照顾爸爸？没人监督，玛吉在厨房里什么都做不了，而爸爸怎么能忍受每天吃硬邦邦的鸡蛋和烤焦了的吐司当早餐？

我希望人们别再对瘟疫的事情喋喋不休。我知道两年前荷兰曾受到过侵袭，几千人丧生，可这些年来伦敦已经受到了惩罚。我觉得我们必须拜访一下勒顿豪市场能预见未来的男人。那会让我放下恐惧。

6月3日

我那淘气的乖乖今天又逃走了，我心慌意乱地在街上寻找，最后在离我家两扇门的地方找到了它。它追着卡帕利夫人的黄猫进了屋子，卡帕利夫人对此大为恼怒。她再三强调我应该多管管我的宠物。

"如果疫情加重，街上的狗都会被抓起来弄死。"她说。

真希望她是错的。

今天我经由内尔姨妈得知了一个大秘密。爸爸打算给我买一串珍珠项链，当作我的十四岁生日礼物。它可以配祖母留给我的戒指——小颗珍珠镶在金色戒托上，同我纤细的手指简直太配了，虽然这只是我一己之见。离生日只有两个月了。一串珍珠项链。我不敢相信自己有那么好的运气。仿佛我一闭上眼睛就能感觉珍珠倚在我的脖颈上。我确信自己是世界上最快乐的姑娘。

6月4日

礼拜日。跟爸爸一起在教堂感恩海上获得的胜利。昨天我们听了一整天枪炮声，英格兰把荷兰人打得四散溃逃。然而损失也很惨重。我们在布道前就早早地回了家，因为爸爸突发严重的腹痛。他上床休息，内尔姨妈为他准备了薄荷茶以缓解他的胃疼。六点左右，爸爸的同事韦伯德先生带着关于昨日战争的消息前来拜访。似乎法尔茅斯伯爵被一枪毙命，这一枪还要了另外两个人的命。还有几个海军上将也牺牲了。我们截获了敌军许多顶级船只，伤亡不足七百人，却几乎消灭了一万敌军。一万？我怀疑这消息的真实性，可是韦伯德先生却坚称事实的确如此。爸爸说这是有史以来最伟大的海上战争。

"一万敌军？"我重复道，"那海上一定满是尸体！"

爸爸气呼呼地看了我一眼，而我则等着内尔姨妈嘀咕"怀疑主义者"，可她却克制住了。我说我会为所有死去的人的灵魂祈祷，接着退回厨房把消息告诉玛吉。

6月5日

最最美好而激动人心的事。玛吉有了心上人，听她描述你一定会把他想象成一位天神。

"把那个写在你的日记里，"她带着淘气的微笑对我说，"写他拥有最光荣的权利。"

我问这些权利是什么，她却哈哈大笑，把头一扭，轻抚她那漂亮的金发。

我多希望自己能像她一样——长相上，而非地位上。看起来这位年轻的天神名叫乔恩·鲁德，如同他的父亲和祖父一样是泰晤士河上的一名船工。玛吉说他有最蓝的眼睛和如丝般的头发。她显然被他迷住了。我必须承认当我听到他吻了她的时候心生嫉妒。我希望鲁蒂尔达先生也会试图亲吻我（尽管我不会允许此事发生）。有一回他在教我如何呼吸的时候的确曾把手放在我的腹部，可是内尔姨妈当时在场，并且轻轻咳嗽了一声。他迅速地把手抽走，并且羞愧至极。他告诉我，我的歌声如天使一般动听。要是爸爸也这么想该多好。他抱怨我的嗓音毫无长进，为我付学费就是花冤枉钱。上个星期他吩咐我为他唱一曲。我唱了《午睡的杜西娜》（内尔姨妈说这首曲子作得漂亮），又唱了《来与我同住吧，做我的爱人》。我想象自己思念着玛吉，用心歌唱，可爸爸却并没有被打动。无论我做什么都不能让他高兴。真是令人懊恼。

6月6日

今天一整天都很郁闷。因为害怕人多的地方会有瘟疫，爸爸取消了我们的剧院之行。这就意味着赌场很快就会关闭，音乐厅也是。我在自己的房间里坐了一整天，不想跟任何人说话。内尔姨妈说我的怒气都可以为我赢得一个奖杯了。没人理解我。为什么我要被这样一户人家折磨？

第二天

今天玛吉的弟弟威尔上门拜访，当时内尔姨妈正在商店里。（她无法忍受他待在屋子里，管他叫小贼，事实也是如此。）我们让他进了厨房，给了他一块藏茴香籽蛋糕。他可以洗个澡，拿几双鞋子，可是玛吉说他已经习惯赤脚走路了。他性格无比乐观，似乎以为这个世界上满是无穷无尽的欢乐。八岁的他动作极快。或者我应该说他手指敏捷地藏起了我们的一把银匙，而玛吉不得不沿街追赶，对着他大喊大叫让他归还。我在他们后面追赶。（内尔姨妈要是看见我在街上跑一定会大发雷霆。）玛吉能抓住他全是因为他撞上了一位老先生，老人一把抓住他的衬衫衣领，把他整个人一阵摇晃。玛吉给了他一巴掌，他却哈哈大笑，还吐了吐舌头。我真希望自己有个兄弟或者姐妹，可我妈妈去世的时候，爸爸就发誓再也不结婚了。内尔姨妈声称鳏夫生活让他脾气急躁。这话我倒是同意，因为有些事确实如此。如果我有个丈夫，而他死了，我肯定会再婚的。

6月8日

终于把领子钩完了，再也不钩了。我把它藏在我的衣橱里，希望它再也不会出现在我的视野里。如此繁琐的工作一点儿都不合我的胃口，虽然内尔姨妈说它能让我修身养性。

"这对你有好处，爱丽丝，能让你静下心来集中注意力。"她一遍遍地对我说。

"只会让我分心。"我回答，而她假装吓了一跳，尽量不让自己露出微笑。我不知道如果妈妈还活着，是否会像她一样。她是个非常非常善良的人，就是有点儿太严厉了。妈妈比她小两岁，发色更深一些。内尔姨妈总说我跟妈妈长得一模一样。

令人难忘的一天。我见到了玛吉的心上人乔恩。我们正一起购物，而他在去泰晤士河的路上。他真的有一双极蓝的眼睛，可头发乱糟糟的，未经梳理。他搂着玛吉的腰，吻了她，而她则假装要把他推开。他的话题始终不离瘟疫，还说了一个可怕的故事吓唬我们。

"我是昨天遇见这个乘客的，"他告诉我们，"他下台阶的时候摇摇晃晃。我心想，他喝醉了。他要我把他送去萨瑟克区，可我这时终于仔细打量了他一下。你瞧，我感到有些不自在。我想拒绝，可他提出给我双倍的船费。我还在犹豫的时候，他又加了个倍，于是我想，小伙子，冒个险吧。"

玛吉说："实在太轻率了，乔恩。"

"可我答应了，"他对她说，"他刚坐到船上就浑身颤抖，面色苍白如纸。突然他把胃里的东西吐得船上到处都是。啊！我真想把他扔下船去，可又害怕会翻船。等到达对岸的时候，他几乎下不了船。我因为害怕碰到他，就没帮他，他滑了一跤失足落水，被河水冲走了。"

漫长的沉默。

他说："我没看到标记，玛吉。我发誓。但我大赚了一笔。"他拍了拍自己的口袋。

"标记？"玛吉说。

"是啊。那些皮肤下的黑点。有这样的标记的就一定是得了瘟疫。"

"那他后来淹死了？"我问，"这个男人？"

"我也是这样想的。"

玛吉的脸色变得苍白。"你必须把他给你的硬币泡在醋里，这样就能避免被传染。"

"我泡了，别担心，我的宝贝儿。船也冲洗干净了。"他咧嘴笑了起来，"等一切结束以后，我就是个有钱人了。你想不想嫁给一个有钱人，嗯？"

接着他又吻了她一下。我必须承认我很高兴他吻的人不是我。回家的路上因为害怕爸爸把我们送去伍尔维奇，我们达成共识对我们听说的事守口如瓶。

6月10日

玛吉和我拜访了那个算命师，而我不敢告诉爸爸。凭着排在外面等着的队伍，我们轻而易举地找到了他的店铺。一进去，我们便发现自己来到了一间奇怪的屋子。屋里垂挂着黑布，墙上还有神秘的标记。屋里看不到窗户，弥漫着一股腐臭味。我们都有些害怕，却都不想承认。男人是个小个子，形容枯槁，一头灰发披散在衣领上。他的眼睛又小又黑，目光敏锐，衣着充满了神秘色彩——一条装饰着银月的黑色长袍。他身上散发出十分浓烈的大蒜味。他收了我的钱，问了我的出生日期，接着查阅一张平铺着钉在桌子上的巨大图表。图表上满是混乱的彩色图形——一轮黑色的太阳，一只绿色三角形，还有两支交叉的箭头。黑色粗线多少有些随意地将各种图形连在一起。算命师用粗糙的食指滑过羊皮纸，在每一个符号上做短暂的停留。他喃喃自语，整张脸皱成一团。

我无法忍受沉默，开口问道："是好预兆吗？我们能幸免于难吗?"

他用颤抖的嗓音告诉我预兆大体上不错,可还不确定,我一周内应该再来一次才能更精确地解读,"等星星处于更吉利的相位的时候。"

抑制住萦绕心头的疑虑,我试图把它当作最好的结果,可玛吉却持怀疑态度。

"毫无疑问,下次你还会让她再来!"她对他说,"这算什么预见未来!"

接着她把我拉了出去,并且告诉那些等在屋外的人省下他们的血汗钱。大家全都对她视若无睹,只有一个人例外。排在队伍最后的老妇悲伤地摇了摇头,走了开去。

"他们在买希望。"我对玛吉说,窘迫极了。

"他们会被骗的!"她回答,"他就是个臭气熏天的江湖骗子。"

我害怕她是对的,可我怪她向我灌输了这个想法,我也这么说了。我们一声不吭地走回家,各执己见互不相让。

我讨厌星期六。爸爸会待在家里,寻找我们大家的错处。今天比平日更糟。他说我的手指甲不够干净，跟玛吉说她吃得太多了，还指责内尔姨妈挥霍他的钱。

6月11日

星期天。圣安德鲁教堂为那些染上瘟疫的人举行了特别祷告，这让我恐惧至极。正当我们在教堂的时候，约翰叔叔带着一对鹧鸪、一篮新鲜蔬菜和一桶最棒的苹果酒来到了我家。可他匆忙就回伍尔维奇去了，并没有等我们回来。玛吉说他因为害怕传染而"浑身颤抖"。似乎城墙以西的地区又有新的病例出现，而晴朗的天气会让疾病更加滋生。上帝保佑他们。看起来这种传染病喜欢高温，因此我们必须指望能有一个凉爽的夏天。

6月13日

卡帕利夫人顺路来拜访的时候，告诉了我们一个能有效避开瘟疫的办法。一个灌满水银的核桃壳穿在

皮革饰边上，绕在脖子上。她自己就戴着一条，那是
她从圣保罗教堂台阶上的货摊上买来的。内尔姨妈准
备立刻赶去那里，可当我们告诉爸爸的时候，他却反
对，说它就是给那些容易受骗上当的人的一种心理安
慰。他已经从最权威人士那里得到了消息（海军局的
一位同事，差不多就是这样），空腹会让引发瘟疫的
体液进入，因此我们应该多吃鸡蛋和大块腌菜。

6月14日

钟刚敲过十点。我疲惫不堪，正躺在床上写这
篇日记。爸爸正在楼下招待韦伯德先生和他的新婚妻
子。玛吉和我买了一早上的东西，整个下午都在帮内
尔姨妈准备晚餐。天气热了起来，厨房就像一只架在
火上的炉子。我们用嫩菠菜叶和莴苣心、白色菊苣、
山萝卜做了一道沙拉。同甜菜片一起摆在盘子上好看
极了。内尔姨妈准备了一道精美的炖鹧鸪。我做了生
苹果馅饼作为点心，玛吉负责搅拌奶油和剥豆子。玛
吉将内尔姨妈做好的覆盆子果冻装盘，还擦亮餐具、

布置餐桌。感谢上帝爸爸没有经常请客。

我觉得我一定要嫁给一个有钱人，拥有一厨房的仆人，其中得有一个优秀的厨师。等我的生日来到的时候我就十四岁了，那时爸爸会让我参加晚宴，我就能穿上自己那条镶着钉珠衣领的最漂亮的丝绸裙子，我应该为此感到高兴。可晚餐过后我们都得唱歌，而鲁蒂尔达先生说我还没有做好准备。（他永远也不会知道我是多么疏于练习。）

韦伯德先生到来以后告诉爸爸，瘟疫是由地球上遥远国度的地震引起的。显然地震让瘟疫的种子由地底冒出。种子结成果实随风散播，传遍整个地球，引发了疾病和死亡。内尔姨妈断言如果事实如此，那便不是意外，而是上帝的意志。就我而言，我厌恶谈论引发瘟疫的原因。它如何出现的到底有什么要紧？

我现在应该偷偷溜到楼梯顶端，瞧瞧还有什么可听的。有时候我真羡慕男人们。他们的生活乐趣无穷，而这样的生活却将许多女性拒之门外。如果我是个男孩，我本可以成为一名医生或者律师。可现在的我只能做一名妻子和母亲。我要嫁给一个我可以跟他讨论其工作的男人。

晚些时候

　　当局对暴发瘟疫可能性的松懈态度成了热门话题。韦伯德先生坚称尚没有储备粮食的预防措施，也没有救助穷人的公共资金。爸爸责怪地方行政官。韦伯德先生责怪市长大人。显然法国和意大利处理得更好。他们实施适当的措施和法规以防止可能发生的疫情散播。

　　他们后来开始讨论新的舞蹈，其中有很多都来自于法国。他们说萨拉邦德舞和吉格舞可以用新曲子。爸爸坚持说自己更喜欢英国舞曲，更优雅，也没那么吵闹。可是在他这个年纪我敢说他定是如此。生日以后我要说服内尔姨妈要求爸爸为我请一个舞蹈老师。他一定无法无缘无故地拒绝我。我已经不是个孩子了，而且如果他想让我找到一个好丈夫，他就必须明白我需要具备所有淑女的技能。

星期六

我觉得今天是十八号——我整个人都糊里糊涂的，无法清晰思考。今天早上发生了一件极其可怕的事情。我离家去拜访卡帕利夫人，这时一个年轻的主妇从马路向我靠近。突然之间我听到身后传来一阵骚动和奔跑的脚步声，接着我看见这个女人表情惊恐起来。就在我惊慌失措的时候一个男人从我身边经过。他跌跌撞撞，污秽不堪，蓬头垢面。他唱着最下流的歌曲，说着最可怕的脏话。我背靠墙壁缩成一团，他却对我不屑一顾。相反，他一把抓住那个女人，不顾她的反抗，吻住了她的嘴。眼前的一幕让我感到恶心。

"现在你也会死于瘟疫！"他对她说，大笑着蹒跚而去。

年轻女子满眼恐惧地凝视着我，我无法对她视而不见。她因为害怕而失去了意识，整个人歪向一边，而我在她摔倒的那一刻上前扶住了她。在我拥住她的那一刻，我便意识到这么做有多愚蠢，于是疾呼跑出来帮助我的内尔姨妈。乖乖也跑了出来，可我们无暇注意它。我们不敢让她进屋，只能让她靠墙坐在屋外。内尔姨妈递给我一大杯柠檬汁，接着我们让她恢复了知觉。乖乖爬到她跟前，发出轻柔的呜呜声，而她用颤抖的手轻轻拍了拍它的脑袋。她几乎说不出话来，只能轻声说她叫玛德琳·格拉顿，因为丈夫牙疼，她从药剂师那里买了丁香油，正在回家的路上。她绝望地反复擦拭自己的嘴，直到内尔姨妈为她拿来一碗兑了醋的清水，还有一块洗脸毛巾，用来擦去男人肮脏的亲吻所留下的痕迹。自始至终乖乖都把脑袋搁在她的膝盖上，似乎被她迷住了。我承认我对这一小小的背叛行为感到些许嫉妒，然而我告诉自己如果它能为这可怜的灵魂带来安慰，我应该感到高兴。

"那个猥琐的男人撒谎，"我用尽可能确信的语气对格拉顿夫人说，"他跟你我一样健康。他看起来就是一个醉鬼。相信我，这只不过是一出残忍的恶作剧。"

那个可怜人摇了摇头。"他得了瘟疫。我从他身上闻到了。"

我觉得这极有可能，可又害怕在瘟疫找上她之前她就死于焦虑。我们无法让她安下心来，过了一会儿，伴随着沉重的心情，看着她上了路。内尔姨妈不会把兑了醋的水带回屋子里，于是将它倒进了排水沟。一进屋她就用沙子刷碗，然后把洗脸毛巾扔进火里烧毁。她的嘴唇紧闭，双手颤抖。事实上我俩都因为这番遭遇惊魂未定。真希望事件发生的时候我在一英里外的地方。我们曾离瘟疫那么近，今夜我会因为思考这件事情而失眠。

多么哀伤的钟声响起。因为死者太多，丧钟不断地鸣响，无时无刻不在提醒着我们那威胁我们生命的危险和我们自身的脆弱。

6月20日

因为胃痉挛我躺在床上。内尔姨妈说我吃了太多卡帕利夫人昨天送来的樱桃。（她在泰晤士河南岸靠近梅德斯通的地方有朋友——卡帕利夫人，不是内尔姨妈。）

6月23日

今天从一开始就糟透了。我带着乖乖去散步，看见一个男人跳到了一辆马车的轮子底下。我知道这不是一场意外，因为我看见他一直等到最后一刻才把自己扔了出去。马匹扬起前蹄，马车差点儿就翻了，幸好司机将它控制住了。乖乖声嘶力竭地一阵狂吠，而我承认自己驻足不前，想看看事情会如何了结。在人群聚集的同时，男人晕了过去，血流不止，却没有死。接着一个女人跑了过来，说是他的妻子。

好像他们唯一的儿子在皇家橡树号上当水手，几周前死于同荷兰的战争中。她的丈夫悲痛欲绝，无法承受这一事实，丧失了生存意志。男人被抬了起来，送回了家，可怜的妻子则在一旁痛哭流涕。因为无法摆脱这令人痛心的一幕，我中断了与乖乖的散步计划，回家去了。

6月24日

约翰叔叔又来了一封信，催促我们大家离开伦敦。他说瘟疫正以不可逆转之势蔓延，趁我们现在还能走，应该离开此地。有传闻说，如果瘟疫过于严重，伍尔维奇和其他村庄将拒绝伦敦人进入。内尔姨妈想要我去伍尔维奇，可我却求爸爸让我留下，说或许最严重的疫情已经结束了。我挤出几滴眼泪，于是他"暂时"心软了。玛丽婶婶传达了她对我们的爱，还说我们应该时时咀嚼蒜蓉和迷迭香的混合物，以保持肺部清洁。这个主意听起来就让人难受极了，幸好爸爸也觉得不妥。

他们说根据市长和市议员的命令，从下月开始将停止鸣钟。我对此表示怀疑。伦敦充斥着谣言，我们已经不知道该相信什么了。

6月25日

礼拜日。我们又去了教堂，可来做礼拜的人却比从前少了许多。正因为如此，布道的主题是罪恶与惩罚。仿佛瘟疫是经由人类的邪恶而降临于我们——可怕的想法。爸爸惴惴不安，又一次怀疑我们是否应该在瘟疫结束之前远离所有公共场所。我们倒是可以在家祷告，可对我来说，这样就会错过与朋友、熟人的会面，而想起教堂里的空位也让我难过。

6月26日

星期一。或者我该说黑色星期一？内尔姨妈得了胃病，玛吉被派去为她寻找驴奶却一无所获。卡帕利夫人今天来我们家，告诉我们别去圣吉尔斯教堂附近，那里有许多人染上了瘟疫，绝大多数病人快死了。

"空气中到处都是传染病，"她强调，"我们应该在鼻子底下放些好闻的草药。"

因为把瘟疫带给我们，那些异国遭到了诅咒。

考克斯先生，那个卖饼人，一直都没经过，而我想起来他来自于圣吉尔斯教堂那一块。他得病了吗？

但愿没有，因为他有妻子和两个幼子。

6月28日

又是炎热的一天，几乎连一丝风都没有。我躺在床上，发现根本睡不着。十二点的钟声刚刚敲响，我听见街上一阵骚动，于是爬到窗边。我看见一个男人在鹅卵石路面上打滚，痛苦地尖叫着。他用力撕扯自己的衣领和身上的饰带，歇斯底里地大喊着说恶魔正折磨着他。

他一边哭喊"离我远点，你这可怕的魔鬼"，一边挥舞拳头，仿佛在于无形的敌人搏斗。

守夜人提着提灯来了，俯身察看这个可怜的人。几乎同一时间他抽身离开男人。他用最恐怖的声音大喊："是瘟疫！"接着惊慌地向后一跃。周围的窗户被猛力推开，人们探头张望。卡帕利夫人大喊着说，这个可怜的人显然正处于精神错乱之中——确凿无疑的感染迹象。接着爸爸冲进我的房间，砰地一声将我的窗户关上。

"你这个傻孩子！你不知道疫病会在空气中传播吗?"内尔姨妈也进来了，接着我们眼看着一条毯子从窗子里被扔了出去，这个不幸的可怜人被毯子裹住后被带走了。

"他死了吗?"有人问守夜人。

"跟死了差不多!"他回答，"他们要把他送去疫病收容所。"

住在对面的男人说有人预言瘟疫会在三月卷土重来。似乎在某个灾难性的一天风同时从南北吹来，这是一个明确的信号。

6月29日

卡帕利夫人今天离开了伦敦。她把她的黄猫放在柳条篮里一起带走了，还在货运马车里堆满了大包小包。司机是个二十几岁、开朗的年轻人，似乎很乐意跟我交谈。他叫卢克，他告诉我他租了一辆货运马车，靠着把人们送到乡下的生意赚大钱。他曾是一名职业演员，却没什么知名度。很快所有的剧院都将关

闭。玛吉走了出来，对着他甩她的黄色鬈发。我大声
问她她的心上人乔恩，在河上的摆渡生意做得如何。
她恶狠狠地看了我一眼，气呼呼地回到屋子里，砰地
一声将门关上。我不知道卢克是不是也有心上人。倒
不是说爸爸会让我嫁给一个演员。在他眼里他们全都
是流氓和懒汉。为什么父母们总是那么充满偏见？我
深信当我为人父母的时候一定思想开明。

卡帕利夫人端坐于行李顶上、马匹踏着轻松的步
伐启程的场景颇为壮观。我的意思是，尽管卢克尽了
最大的努力快马加鞭，马匹依然徐步缓行。卡帕利夫
人在多金有个朋友，这个人会在瘟疫结束前向她提供
住宿。

6月30日

高温令人无法忍受。内尔姨妈坐立不安，暴躁易
怒，还头疼。一听她这么说，我也陷入了深深的焦虑
之中。会不会因为我们跟玛德琳·格拉顿接触过所以
才会这样？我会写得明明白白——我是说瘟疫。如果

真是这样，那么责任在我，因为是我喊内尔姨妈到街上来帮我的。

7月1日

又是一个无风闷热的日子。如果能下雨就好了。或许能冲走些许疫病。

我坐在院子里的树荫下剥豌豆，衬裙挽到了膝盖上，却没觉得凉快多少。

天黑前我听到一只猫在街上哀嚎，那是卡帕利夫人的黄猫。它从篮子里逃了出来，找到了回家的路。我讨来一些冷的碎羊肉，在门阶上喂了它。乖乖狂吠着阻止我。它吃醋了，可怜的小亲亲。

7月3日

内尔姨妈脸色苍白地从市场回了家。她无意中听见两个男人在讨论每周的死亡率。似乎上周有七百人死于瘟疫。瘟疫终于彻底降临伦敦。经过多次讨论，我就要和内尔姨妈一起被送去伍尔维奇。我一定要带上乖乖，爸爸妥协了。至少乖乖会喜欢农场的。有许多鸡可以让它追逐。我被派去打听马车的事，可很快就在半道上停下了。隔壁街一幢房子的大门上漆着一个红十字。十字上有人用粉笔写着："上帝怜悯我们"。

大门从外面锁住了，一个男人正坐在台阶上。他看起来邋里邋遢，衣衫褴褛。他说自己是官方看守人，这幢屋子被"封"了。屋子里有人正濒死于瘟疫，所有人不允许出入。

"那他们吃什么？"我问。

"我会为他们跑腿。"他龇牙咧嘴地笑了起来，我看见了他那可怕的牙齿，"为了一点儿小小的甜头！"他做出数钱的动作，突然之间我为自己很快就要去伍尔维奇感到高兴。可我找不到可以雇佣的马车——它们全都被预订一空。我忧心忡忡地回家了。

7月4日

今天小威尔来了，可我们不敢让他进来。先不说他偷东西，圣吉尔斯教堂可是疫区。我当时正在为家养的兔子磨碎干酪。内尔姨妈还在卧床，身体依然不适。我给她拿了些麦片粥，可她却吃不下。我们给了威尔一些火腿和一块面包，他一把抓起，狼吞虎咽了下去。他说他追着货运马车跑了很远的路。

"什么货运马车?"玛吉一边问一边在橱柜里寻找牛奶。

"哎呀，运死人的马车，"他回答，"每天晚上天一黑，它就出来收集死人。"

我目不转睛地盯着他，心跳到了嗓子眼。接着我突然不寒而栗。事情竟然已经发展到这个地步了?

玛吉给了他一耳光，让他别说谎。

"可这是真的，"他坚持，"墓地已经客满了。死尸叠在死尸上。"他捏着鼻子，眼珠一转，"大多数掘墓人都逃到乡下去了。他们现在把尸体带去矿井，然后往井里倒。乱七八糟。到处都是胳膊和腿。真是最令人毛骨悚然的景象。"

玛吉说："你撒谎，威尔。"

"这是事实，"他再三坚持，"半数尸体全身赤裸，就像他们出生时那样。骗你的话我就——"

玛吉朝他的嘴巴扇了一巴掌，给了他一个柠檬塔让他闭嘴，接着我们面面相觑。

"这么说上帝真的在惩罚我们，"玛吉哭喊着说，"我们都会死的。"接着她突然放声大哭起来。我们害怕地搂在一起，紧贴着彼此哭了好长一会儿。我们分开的时候，小威尔已经不见了，一同消失的还有剩下的柠檬塔和干酪刨丝器。

7月5日

星期三早晨。写这篇日记的时候，我还没有起床吃早餐。昨天一个男人送信过来，门刚一打开，男人便向后一跃。他满脸不悦地问我们"家里是否有那个"。他指的是瘟疫。在我给出否定的回答以后，他并没有打消疑虑，只是匆匆跑开，留下信给我们。信是鲁蒂尔达先生寄来的，信上说他就要跟父母一起离开伦敦，待在东格林斯特德，直到瘟疫从这个城市消失。他催促我们像他一样尽快离开，并且请求上帝保佑我们。所以——再也没有歌唱课了。生活的方方面面正在发生改变。

约翰叔叔也寄来了一封信，告诉我们一种叫作"巴特勒医生甘露"的配方——一种治愈瘟疫的可靠疗法。这种甘露可以将心脏里的毒液全部清除。配方需要半磅威尼斯糖浆（因为疾病哪里都买不到了）和紫蘩蒌、香料、山萝卜。还有有玫瑰香味的蒸馏液。一个月前我们或许还能买到这些东西，可现在已经买不到任何药物了。

爸爸要求医生上门，因为内尔姨妈依然没有好转。医生来的时候就像个陌生人似的，那么憔悴和苍白，我差点儿不认识他了。为了防止传染，他用一块浸了醋的布捂着嘴。他在屋子里待了不到一分钟，可我猜他能来我们已经很幸运了。许多医生已经带着家人逃去了乡下。内尔姨妈发了"高热"。他用潦草的字迹写了一张药方给我，让我去药房取药。

在门阶上他短暂停留了一下，低声说道："趁还来得及赶紧离开伦敦。"

我急忙自告奋勇地跑去离家最近的药房。那里散发着一股浓烈的异国气息——像是店里有无数的草药。干薄荷，八角，丁香和生姜……药方长无止境。自孩童时代起，我便发现药房是一个有着一排排闪闪发亮的彩色瓶子、各种形状大小的罐子和用木塞紧紧塞住的石瓮的神奇地方。干草药从天花板上悬挂而下，每个角落里都堆着篮子和檀香木箱子。所有的东西上都贴着标签，上面写着细长的拉丁文。我们的药剂师长着一张干瘪的脸和一对善良的蓝眼睛，看上去如同他的药材一般古老。内尔姨妈说自从上帝创造了天地万物以来他就在那里工作，靠着他自己的补药延年益寿。

我带着可以买到的屈指可数的几种药回到家。上帝保佑它们能发挥其一贯的魔力。

7月6日

我没法写日记了。心情实在太沉重了。玛吉的母亲染上了瘟疫，很可能会死。威尔一把这个消息告诉玛吉，她便赶在家人被隔离之前跑回了家。内尔姨妈气坏了，爸爸也嘀咕着说仆人们已经不知道自己该忠于谁了。可我却明白血浓于水的道理。

7月7日

我们终于看见了运煤船。船工给我们送了满满一斗煤，并且承诺两天内再送一斗来——如果他那时候还活着的话，他一边加了一句一边在自己身上画着十字。他向我展示了一张护身符——"击退疾病"，是他最近从一个算命先生那里买来的。那是一张纸片，上面以倒三角的格式写着"阿布拉卡达布拉"几个字。最底下写着"阿"，上面写着"阿布"，再上面写着"阿布拉"，以此类推直到所有的文字都写全。这个可怜的男人大字不识，却依然坚称这东西会保护他。我担心这护身符根本没用，却也无心告诉他实情。

玛吉不在，冒险进入阁楼另一端为今晚的晚餐挑选一对鸽子就成了我的工作。我多么讨厌那只鸽子笼啊。那地方又臭又脏，可鸽子们却似乎很快乐。我不管肥瘦，把自己抓到的头两只鸽子拿了下去，带着它们来到内尔姨妈的病床边。她斜眼瞧着它们。

"老鸽子，"她低语，"不值得用来烹饪。看那腿，爱丽丝。年轻鸽子的腿是粉色的。上楼找几只年轻点儿的。"

我说我无法忍受再一次冒险爬上阁楼，而可怜的内尔姨妈也没有精力跟我吵架。

7月8日

我从没想过要在这本日记中写下如此可怕的文字，可悲剧却彻底降临在我们身上。昨天，医生来复诊的时候，告诉我内尔姨妈的热还是没有退。她肯定得了瘟疫。病势迅猛，他警告。她会死。一旦她的皮肤上出现圆形斑点，她的病就没希望了。我目不转睛地盯着他，带着前所未有的恐惧，浑身上下都打着冷战。我试图说话，却张口结舌。我觉得天旋地转，不得不坐下来。他说这桩屋子必须封起来，这样我们就不会外出传染给其他人。

"不是瘟疫！"等我终于能发出声音的时候，我低声说道，"一定是斑疹热，对不对？"

他厌烦地摇了摇头，写下一张处方。后来我去药房购买更多的药材。回家的路上我陷入极度的恐慌之中，真的很想离家出走。想到要跟一个瘟疫受害者一起被关押，我浑身发抖。我害怕自己会像可怜的格拉顿太太一样倒在地上晕过去。接着我恢复了理智，为自己的懦弱感到发自内心的羞耻。我怎么能有抛弃自己姨妈的念头？内尔姨妈，这么多年像我的妈妈一样照顾我的人。不管周围的行人，我跪下祈求上帝赐予我面对前方考验的勇气。上帝听见了我的祷告，我心情沉重地回了家。

一小时之内，前后门都被封上了，我被严令禁止打开楼下的窗户，以防传染病扩散到街上，传染给路人。一个看门人被派来帮助我们。他十分干净整洁，却似乎有些太过钟情于他的那罐啤酒了。他懒散地背门而坐，昏昏欲睡，手里紧抓着酒罐。我不能说自己喜欢他，可他却并不无礼——目前为止。

爸爸下班回家的时候发现自己被锁在了外面，无论如何都没办法说服看门人让他进来。一旦进屋爸爸就再也出不去了。再三考虑之后爸爸觉得他在外面比进屋更有帮助。我们决定，如果他能找到人愿意收留他的话，他就寄宿在同事家。或许韦伯德先生会帮忙。他离开我们，发誓第二天就回来，尽一切力量帮忙。

今天早上我凝视着镜中的自己，看见了一个满脸惊恐的陌生人。内尔姨妈躺在隔壁房间。我已经为她洗了脸和手，可因为害怕弄伤她不敢再做其他动作。她的脖子已经肿得厉害——这是腹股沟腺炎的前兆，那会给她带来很多痛苦。我告诉自己她会活下来的，并且坚持这个信念。快三点的时候我听见大门被打开的声音，于是满怀希望地跑下楼去。一个可怕的幽灵等在楼梯脚。我惊声尖叫，不过他一开口，我就知道了原来是医生。

"我新发明的防护服，"他用含糊不清的音调对我说，"又热又笨重，可是能阻止传染。"

这是我有史以来见过的最古怪的服装。一件长而宽松的衣服覆盖住他的全身，只将脑袋露在外面。这件衣服全部以柔软的薄皮制成，而我立刻就看出在七月的高温中，穿着它，他会被烤焦的。帽子是一个安着鸟嘴鼻和护目镜的皮革头盔，透过护目镜他能看见外面。我发自内心地同情他。当瘟疫侵袭城市，谁会愿意当一名医生？

我带他上楼来到我姨妈的房间。

"我担心她今天早晨神志不清，"我对他说，"她不认识我了。"

他动作轻柔地替她做了检查。我又瞥见了发了腹股沟腺炎的地方，那是一个紫色的小肿块，于是我后退了一步。内尔姨妈的精神显然处于混沌状态，于是医生的奇怪穿着没有引发任何评论。

"你今晚回家早了，"她呢喃，以为那是爸爸的声音，"晚饭很快就好。"

医生摇了摇头，当作对我难以启齿的问题的回答。

"我们不能为她做什么，"他告诉我，"病势凶猛。

如果腹股沟腺炎肿块破开，她就还有机会活下来。它会释放毒液。"

如果不破开，那么她必死无疑。

我也会死，我心想，却没有说出口。今晚我已经同上帝做了一个约定。

"亲爱的上帝，如果您能让我们大家活下来，包括乖乖在内，我承诺我将再也不说一个刻薄的字眼。我也再不会轻率和懒惰。求您了，上帝，听见我的祷告……我将一天祈祷两次，并对穷人仁慈——结婚以后也会这样。我会更努力地做点心，努力练习唱歌。我会花更多的时间为玛吉上写字课，而且我会编织一百个衣领。"

可是毫无疑问上帝正因为太多这样的乞求而分身乏术。在一片喧闹中他会听见我的声音吗？他是否听见了玛吉为她妈妈做的祈祷呢？

爸爸顺道过来说韦伯德先生和夫人已经去了她姐姐在查塔姆的房子，他现在住在他们留下的空屋子里。他们深信，有他在，一定能威慑随着疫病日益严重而越发大胆的盗贼。

他们杀害病人，在被废弃的屋子里行窃。

7月10日

医生说内尔姨妈的病没有好转也没有恶化。他告诉我王室已经搬去了河上游的汉普顿宫。下一届国会将于十月在牛津召开。

"所以我们只能听天由命了。"我略带苦涩地说。

"并非如此，"他回答，"我们有自己的市长大人和市参议员。我们会被妥善照顾的。"

我希望他是对的。我筋疲力尽，却比自己预料的做得更好。当需要食物的时候，我从楼上的窗户将一只篮子顺着绳子放到楼下。里面放着钱，我会告诉看门人我们需要什么。他出发去买，手里依然紧握着他的酒罐，然后把他能找到的东西带回来。（我留意到他总是偷走几个硬币作为自己的回报，可是这个可怜的家伙也得生活呀。）接着我再把篮子拉上来。我几乎已经不记得在这场疾病袭击我们之前生活的样貌了。

　　我一直忙个不停。我在内尔姨妈的卧室里生了火，每天都把迷迭香叶浸在醋里。接着我再将液体洒在滚烫的煤炭上，这样会散发出许多蒸气，以烟熏消毒她呼吸的空气。然后窗户被打开，沾了传染病的脏空气就被驱散了出去。

　　今天我替内尔姨妈洗了澡，尽管这么做令我反胃。她从来都不是个身强体壮的人，可如今她日益憔悴，四肢都骨瘦如柴。我强迫自己将涂了肥皂的洗脸毛巾放在她的身体上。我努力将视线移开，因为看见她的裸体似乎很无礼，可最后我终于克服了自己不安的情绪。肿块每天都在变大，现在正在化脓。肿块里满是令人作呕的东西，不过当它破开的时候脓液就会被排出。如果破开的话。因为发烧，她的皮肤摸起来很烫，她的嘴唇干裂。

　　可怜的内尔姨妈。剧痛令她发出痛苦的尖叫，并且已经影响了她的神志。她总是叫我"妈妈"。或许她以为自己重又变回了一个孩子。今天她一度露出了一丝微笑。我想告诉她，我爱她，但却没有把话说出口。我曾经告诉过她吗？

7月11日

我依然不习惯日渐严重的沉默氛围。因为定时敲钟令市民们感到沮丧，这个月几乎听不到什么钟声了。去世的人多半在夜晚、在一片静默中被埋葬，这可比钟声还令人沮丧。我一直在回忆玛吉的弟弟告诉我们的关于运尸车和墓坑的事。我向自己承诺，要是内尔姨妈死了，我不会让她遭受这样的侮辱。

今天小威尔的出现令我喜出望外，他被玛吉派来看我们过得好不好。似乎在他们的家门被上锁的时候他就不见了。我想他在街上游荡好过被锁在有瘟疫的屋子里。他俏皮地戴着顶帽子，站在街道中央，盯着楼上的窗户。他告诉我他的小妹妹得了瘟疫，而他的妈妈已经死了，和天使一起上了天堂。他用欢快地声音说着这一切，令我禁不住露出了笑容。

"妈妈会喜欢那儿的，"他说，"她喜欢唱赞美诗，他们全都有好看的白色翅膀，于是他们能在天空飞翔。还有白色的衣服。我问玛吉谁来为他们洗衣服，可她却说一切自会心想事成。太棒了。"

他还说全英格兰的善人们正捐款帮助处于极大病痛之中的伦敦穷苦人民。几千英镑，他告诉我，还说当他们收到他们的份额时，一定会变成有钱人。尽管我已经听说了类似的谣言，却不愿意打破他的幻想。

我告诉他我没什么能给他的，可他却说他有东西要给我。他表情严肃地从背后拿出那个干酪刨丝器。我忍着笑意，放下篮子，他把刨丝器扔了进去。

"因为现在妈妈能看见我了。"他说出真心话。

我不知道我的妈妈是否能看见我。如果她能看见，她一定会帮助我度过这段可怕的时光。

7月12日

可怜的乖乖变得十分调皮，可我却不能责骂它。

它讨厌整天被关在屋子里，于是用爪子抓后门，想到院子里去。难道我要告诉它大门已经被封住了？它需要活动活动，可怜的小东西。

7月13日

今天早晨我被石头扔在卧室窗户上的声音惊醒，探头看见卢克在下面的街上。他握着缰绳坐在马车上——那马儿同我前不久在伍尔维奇骑的那匹很像。他说，他从这儿经过是为了知道我是否还活着。

"你瞧，我活着呢，卢克先生，"我说，"被关了起来，孤独无依，但还在人世。"

他问自己能否帮得上忙，我告诉他我已经三天没见到我的父亲了。他说他现在正要赶去接住在齐普赛街上的一家人，他们要逃去埃塞克斯，在沼泽地上露营。但他答应一有时间就去打听我父亲的下落。我告诉他我一旦能从家里逃走，就要去伍尔维奇。

"要是你想出城，"他说，突然严肃了起来，"我听说需要一张健康证明书。上百人正为了这一片珍贵的纸等在中央刑事法庭。可要得到这张证书，你需要一封有你的医生签名的信件。"

他看上去那么健康开朗，尽管他说了那些悲观的话，却还是让我精神大振，而且我发现他来拜访让我更开心了。

医生来的时候说腹股沟腺炎的肿块必须通过热敷膏药才能出脓，问是否要派个护士过来。我说我来做，拒绝了这个提议。在他的指导下，我准备了膏药。然后将面包浸泡在沸水中，差不多完全挤干，再用布包起来。这东西被直接放在肿块上，可我可怜的姨妈在剧痛中厉声尖叫，于是我被恐惧击垮了，晕了过去，不省人事。

当我恢复意识的时候，我感觉鲜血正从我前额上一个深深的伤口中渗出。医生告诉我，我把脑袋撞在了橱角上。在这种情况下医生坚持说我无法再次为姨妈敷药了。他会派来一个名叫斯威特太太的护士，她对这件工作颇有经验。

7月14日

日子一天比一天糟糕。我已将祈祷的次数加倍，可上帝却背过脸去。今天斯威特太太，那个护士，来了。她衣着邋遢，长相丑陋，无时无刻不在抽着一只陶制烟斗。我敢发誓，她那又长又乱的头发肯定从未碰过梳子，还有，她一定从未发现一条毛巾、一块肥皂会在肮脏的皮肤上创造何种奇迹。那只陶制烟斗，她强调说，是它保护了她的肺部。我猜她抽的烟草一定令人作呕。她没穿防护服，却并没有染上瘟疫。若内尔姨妈身体健康，她绝不会允许这样一个言语粗俗的女人进屋，可我除了遵照医嘱还能怎么办呢？

内尔姨妈要过一次吃的，我把我们拥有的所有食物都给了她——一片面包和一只酱蛋，然而这个可怜的人无法下咽，还尖叫着说我要毒死她。明天我要鼓足勇气，在所剩无几的几只鸽子里抓来一只，煮一道稀薄的肉汤。或许她能喝下一些。

在实施热敷治疗的时候我无法在场，可我听见姨妈的尖叫声，知道治疗结束了。正当我感谢上帝最糟糕的事情终于结束了的时候，突然，她卧室的门被打开了。不知怎么回事，内尔姨妈有了走路的力气。她踉跄着从我身边经过，走到楼梯顶端。她的样子有点儿疯狂，眼珠打转，却对周围的一切视而不见。

她哭喊道："这该死的治疗会把我置于死地的。"

我真的惊呆了，因为内尔姨妈从来不说脏话。我还没来得及稳住她，她便脑袋朝下跌下了楼梯。她躺在楼梯脚，一条腿扭在身下，如同死去了一般。我急忙去帮她。

"帮我把她抬起来。"我恳求站在楼上目睹这一切的护士。这该死的坏蛋摇了摇她蓬乱的脑袋。

"我已经做了我分内的事，"她一边对我说，一边在肮脏的围裙上擦拭着粗短的双手，"那个肿块像石头一样硬。它永远也不会破。我以前见过这样的。可这一跤差不多会要了她的命。"

她紧贴着扶手，笨重地走下楼梯，大叫着让看门人开门让她出去。

"走吧，恭喜你解脱了！"突然之间我渴望摆脱她，于是哭喊道。一想到她漫不经心的双手触碰了姨妈，我便怒不可遏。

"再也不允许她回来。"我告诉看门人。

斯威特太太的事情到此为止，当大门在她身后用力关上的那一刻我心怀苦涩地想。名字甜美①，可本性却并非如此。

我一步一步将内尔姨妈拖到楼上——她皮包骨头，像只小猫一样轻——然后让她躺在床上。她还活着。她双眼紧闭，可当我对她说话的时候，她含糊地说着什么。我原以为她死了，这让我松了一口气。我用湿毛巾为她擦脸，尽我所能让她感觉舒服一些。我把床单拉到她的下巴，坐在她的身边，直到她睡熟。我抬起她的右手臂，想将它裹进床单底下，却遭受了最沉重的打击。皮肤下的黑色印记显而易见。

瘟疫的象征。我因为震惊而心跳加速。

我的祈祷都白费了。内尔姨妈会死，而这是我的错。我怎么能在深深的内疚中活下去？

7月15日

内尔姨妈死了。祈求上帝她能同我的妈妈在天堂相会。我因为哭泣而虚弱不堪，今天不能再写了。

---

① 斯威特，原文为"sweet"，有"甜蜜"的意思。

7月16日

我不敢相信内尔姨妈离我们而去了。我也永远无法忘记她去世时的样子。昨天我一醒来便走进她的房间，惊讶地发现她正笔直坐在床上。她目光清澈地看着我。

"爱丽丝，亲爱的，我想吃梨。"她说。

这几个字说得那么清楚，而且她看起来已经好多了，于是突然之间我又满怀希望。我一句话都说不出，只能凝视着她，心怦怦直跳。她脸上有了一丝血色，眼睛明亮，完全没有神志不清的迹象。

"梨?"我结结巴巴地说，"好的，好的。会有的。"

梨? 可现在这个时候我哪里弄得到呢?

她点点头。"又水又甜的梨。"

我是不是可以派看门人去找? 我心里明白在这个受瘟疫侵袭的城市里一定找不到，可我得试一试。在我开口之前她笑了，而我强忍着眼泪。我亲爱的内尔姨妈又奇迹般安然无恙地出现在我的面前。我跪倒在床边，握着她的手。

她背靠着枕头，长长地叹了口气。她对我耳语，脸上依然带着微笑："莱蒂，亲爱的！"接着闭上了眼睛。

很长一段时间我四肢无法动弹，只是等着她睁开眼睛，对我说话。乖乖啪嗒啪嗒地跑进房间，跳上了床。它爬到她跟前。它把脑袋转到一边。接着它双耳下垂。我感觉到一阵寒意。狗能感觉到吗？

一切都结束了？它发出轻柔的哀鸣，在她的身边躺下，轻轻叹了口气，接着把脑袋搁在自己的爪子上。

过了一会儿，当我能动的时候，我替内尔姨妈洗了澡，将薰衣草水洒在她身上，为她穿上一件干净的睡衣。她看上去十分安详。我给爸爸写信，然后派看门人把信寄出。我给了他些钱，让他去买些鲜花，若他能找到的话。

"买玫瑰，"我告诉他，"因为这是她最喜欢的花。"

已经过去了几个小时，他还没有回来。

当医生来的时候，我问他，姨妈能否葬在我妈妈旁边，可他却说墓地里已经没地方了，也没人来掩埋尸体。因此我终究得把她的尸体交给运尸车。这主意实在令我觉得可恨，可我却毫无办法。

晚上十一点后运尸车来了。它离我们家还有好长一段路时，我便听见了那悲伤的叫喊声："把你们的尸体带出来！"运尸车比我想象中还要小，由一头满面倦容的毛驴拉着。看门人开了门，驾车人帮我把内尔姨妈扛了出来。其他五六个不幸的人已经并排躺在车上了。并没有我所担忧的杂乱无章，而是非常整洁。确实有两个人赤身裸体，可另外三个人则穿着款式各异的服装。最后一个被裹在一条破破烂烂的毯子里。我已经替内尔姨妈裹上了一条干净的床单，这样就没有人会看见她的遗容了。

"我想跟她一起去，"我对司机说，"护送她去最后的安息之地。"

男人摇了摇头。"这话我已经听了上百次了，"他用亲切的口吻对我说，"这显然是违反规定的。你得被关在自己家里。"

"我有钱——"

"别想贿赂我。你想让我死在弗利特监狱吗?"

马车启程的那一刻,我念着主祷文,将脸埋在双手之间。我听见车轮行进的声音和毛驴的喘气声,再一次悲伤地号啕大哭。

"把你们的尸体带出来!"

我不知道那一晚有多少人会交出自己挚爱之人的尸体。有多少可怜的人会同我的姨妈一起躺进马车,被扔进匆忙挖就的墓坑中。直到悲伤的声音终于消散,我才睁开双眼。我想,那车轮行驶在鹅卵石上的声音将萦绕在我的心头,永远也挥之不去。

晚些时候

我杀了内尔姨妈。我摆脱不了这个可怕的想法。我愿意付出一切代价让时光逆转。如果可以,我会让可怜的格拉顿太太听天由命,救我自己的姨妈。我如何能忍受?要是我能跟爸爸谈谈该有多好,他会想办法减轻这可怕的罪恶感。可他没有来，而我不知道他是否也得了病。我已经开始编织另一个衣领了。这是我赎罪的方式。

7月17日

现在除了乖乖，我实在孤苦伶仃。小威尔带着四只鸡蛋来到我家。他不会告诉我他是如何得到它们的，而我也懒得问。食物十分稀缺。牵着奶牛的女人再也没从门前经过，蔬菜也变得极其宝贵。当然也没有水果。要是我能替内尔姨妈找到一只多汁的梨，满足她最后的愿望该有多好。但我不能抱怨。在当局的指示下，面包充裕，而且不允许面包师向我们开出高价。我现在对小小的恩惠也会感恩。

我正用自己编制的第一个衣领做样子，已经设法整整齐齐地编了两行，可是我在上面流下了太多的泪水，我担心在完工前它就会缩水。

7月18日

似乎上周伦敦有超过一千个人死去。

看门人带回令人沮丧的消息。他没有带回鲜花，还谎称我给他的钱被抢走了。尽管如此，他还有人可以说话，而我却孤苦无依。

"一千?"我问，"可一定不是全部死于瘟疫。"

这个坏家伙耸了耸肩。

"有些人是因其他原因而死，"我坚持己见，"肺痨，水肿，黄疸……当然，还有坏血病和意外……还有——一出生就死去的婴儿。"我不知道有多少人死于悲伤，或被内疚和懊悔压垮而自杀。

看门人又耸了耸肩，不想再抬头看我。这就像对牛弹琴。

"不管怎样反正死了!"他咕哝，喝了一大口酒。

我当着这个愚蠢的家伙的面砰地关上窗户。

7月19日

我尽量不想内尔姨妈和她悲惨的结局。当爸爸收到我的信时，他会难过的，而我极其思念她。爸爸依然没有消息，今天看门人又不见了。没人会为我送吃的，只有医生经过的时候会顺道来看看我。

7月21日

乖乖逃走了。我早就害怕会发生这种事。这可怜的宠物不顾一切地想要逃出这幢房子，于是从楼上的窗户跳了出去。不幸中的大幸，它似乎安然无恙，接着它撒腿就跑，喜悦地吠个不停，因重获自由而沉醉不已。现在我害怕的是抓狗人会逮住它。没有了它，屋子里静默无声，只不过我依然没有出现任何瘟疫的症状。上帝留意到我的祷告了吗？若他真的听到了，我就不能再把找到狗的愿望强加于他。

衣领进展缓慢，但非常整齐。

天气依然闷热无比。我们需要一股凉爽的微风或一场让人神清气爽的阵雨。

7月22日

得表扬一下小威尔。他带着三只橘子和一封玛吉的便条来到我家。我把东西拉上楼，把纸条在两块用火加热过的平板石之间烤干，好驱走传染病毒。觉得安全无虞时，我将纸条打开。玛吉为家人祈求最艰难的日子已经过去——再也不会有人得病。小威尔出发去看看乔恩·鲁德的境况。我原想让他去找找乖乖，可还没来得及说他就跑走了。我打定主意，不能让抓狗人抓住我的狗，于是招呼正从我家门前经过的一个年轻女子，她紧握着一束草药捂着鼻子。我答应她，如果她能找到乖乖，就给她一枚银别针作为奖赏。

"一条查理王犬，"我说，"长得很漂亮。左眼附近棕白相间，夹杂着一块黑色。"

正当她在考虑是否要接受这宗交易时，街上出现了骚乱，仿若预兆一般，乖乖的身影出现在街角。我原本的喜悦被恐惧替代，因为它正遭到抓狗人的追捕，抓狗人的手里拿着套索。此人样貌丑陋，满面通红，怒气冲冲。他管我亲爱的小狗叫"肮脏的杂种"，伸出手来想要将它一把抓住。可怜的乖乖拼命地用爪子抓着我们的大门，恳求放它进去，而我则冲着抓狗人大吼别伤害它。

这时候，年轻女子已经急忙走开了。怎么能怪她呢？我们如此大吵大闹。我惊声尖叫，而乖乖也狂吠不休。抓狗人一边念着最恶毒的诅咒，一边试图抓住乖乖的项圈。最后这家伙得手了，举起乖乖给我看。

"只消一扭它的脖子……"他咕哝着，用最邪恶的表情睨着我。

"饶了它吧！"我求他，可他却用双手紧紧卡住乖乖的头颈。

我拿来内尔姨妈的钱包，举起一先令。"把狗放在我的篮子里，这钱就是你的。"我对他说。

我怀疑他平常一个月根本挣不到那么多钱，可这家伙却轻蔑地哈哈大笑。

"它只值这么点儿钱吗？"他是在勒索。

我不敢把钱包里的钱都给他，钱都用完了我用什么买食物呢？乖乖正因为害怕而尖叫，这令我无法忍受。它吊在男人手里，很快就会没命的，我一把摘下自己的戒指，将它高高举起。

"那么戒指呢？"

"一先令再加上这枚戒指来换你那肮脏的杂种！"

他的贪婪让我感到恶心。我觉得我夜里做梦都会想到他那狡猾的长相和狡诈的眼睛。我摇了摇头。接着他坚持让我先将一先令扔下去，他才把狗放开。我把所有的赌注都压在他贪婪的本性上，于是坚持立场，而他终于退步了。可更糟糕的事情即将发生。正当我拉起篮子的时候，乖乖跳了出去，又一次打算逃跑。不过抓狗人想要得到奖赏，于是又抓住了它。几秒钟后乖乖来到我的怀里，我喜极而泣。

有那么一小会儿我打算收回那一先令，但还是打消了这个念头。要是乖乖又逃走的话，他就会发誓拒收非法所得，为了泄愤而杀了乖乖。

于是我将一先令抛过他的头顶，这样他就接不到了。我带着一丝窃喜看着他在布满青苔的鹅卵石路面上抢钞票。这该死的恶棍。

我不知道乖乖都干了些什么，于是替它洗了个澡，除去可能会潜藏在他皮毛之中的传染病毒。它吵吵闹闹，把水溅得到处都是。虽然把我剩余的肥皂消耗掉许多，我却认为这么做很值得。

7月23日

我用鹰一般的眼睛盯着我的小狗，生怕他又逃走。今天早上我考虑了一下自己的财政状况。内尔姨妈钱包里的钱差不多都用完了，可我还有戒指，还能在必要的时候把乖乖那只最好的锡碗卖掉。还有内尔姨妈的珠宝。

今天早上我从楼上的窗户向下看，看到楼下的街上有三条老鼠。老鼠以前可从未如此嚣张，恐怕这都怪针对瘟疫所制的规定。可以这么说，几乎没剩下几只猫狗来抓老鼠，这可怕的生灵才有了可乘之机。我拍了拍手，可它们却并没有因为响声而逃窜。现如今，鹅卵石之间的青草茂盛，杂草滋生，因此街道看起来荒芜而凄惨。这几天很少看见有健壮的骑士经过。有能力逃离伦敦的人早都已经走了。

我现在多么感激在瘟疫来临前让生活变得美好的一切事物。音乐，愉快的交谈，欢声笑语。更别提佳肴和美酒了。我不知道它们会不会重新回到生活中。

7月25日

医生来的时候发现大门无人看守，钥匙插在锁上，并且惊讶地发现我依然没有染上瘟疫。他提出，我应该不会感染，最后会被放出这所牢狱。隔离期为期四十天，直到8月14日我都要被关在这里。差不多还有三个多星期。我告诉他因为没了看门人，到那时候我应该已经饿死了。他答应找个替工。

7月27日

答应要来的看门人依然不见踪影，我也索性不管不问了。我因为头疼躺在床上。正午的钟声刚刚敲过，而我从昨天到现在什么都没吃——除了一块连老鼠都不会碰的腐臭乳酪。

晚些时候

我被楼下传来的叫声吵醒，原来是小威尔，他脸上洋溢着喜悦。他让我放下篮子，接着为我送上一席盛宴。面包，一罐腌核桃，一瓶李子酱，还有一大壶姜汁啤酒。看起来他洗劫了一幢废弃的房屋，拿走了储藏室里能找到的一切食物。

"我偷偷埋伏到屋后，从窗口爬了进去，"他兴高采烈地告诉我，"发现那个可怜的老乞丐死在他臭气熏天的卧室里——身上一丝不挂。全身都是斑点。"他厌恶地皱了皱鼻子，"他根本不是个乞丐。那是一幢豪宅，因此他一定曾是个有钱人。我想他的食物多得吃不完，所以我就自便了。"

我知道偷东西不对，可我却无法责备他。玛吉很好，他说，他现在负责为家人提供食物。他无限自豪地说出这个消息。我求上次保佑他不会被逮捕，被扔进弗利特监狱。我必须替那些不幸的罪犯祷告着，才能从那个地方经过。我现在深知被关起来意味着什么——至少待在我父亲的房子里还挺舒服的。

他走后我饱餐了一顿。乖乖不肯碰核桃，却舔了舔茶碟里的果酱，还吃了些面包。然后它便蜷缩在自己的篮子里，呼呼睡去。它的呼噜声总好过一片寂静。

7月28日

今天一整天都觉得不消化。肚子痛，还吐了几次。

7月29日

呕吐停止了，可我却觉得筋疲力尽，连起床下楼梯的力气都没有。瘟疫真的没有沾上我吗？乖乖呜呜不断，这持续不断的呜咽声让我不胜其烦。我打了它耳光，我一辈子都会为此感到羞愧。它脸上写满了对我的责备，于是我立刻一把抱住它，恳求它的原谅。

7月30日

还是老样子。我坐着凝视窗外，思考人生。不知道自己能否活到8月3日生日那一天。

7月31日

医生又来了，依旧穿着他那件特别的衣服，在酷暑中汗如雨下。他告诉我我的不适并非因为瘟疫（谢谢老天爷），但很有可能是吃了腐臭的奶酪或是太多腌核桃引起的。这些东西让我消化不良。但愿我有福领受这么好的消息。感谢我的妈妈和内尔姨妈。我相信她们一定在天上看着我，保护我免遭更糟糕灾难的伤害。

医生发现爸爸正待在老街的隔离病院里。他突然在街上病倒了，人们急忙将他送去了那里。此刻他正徘徊于生死边缘，而我却帮不了他。亲爱的爸爸。请原谅我的粗心大意。如果上帝饶你一命，我会好好孝顺你的。当他得知内尔姨妈的死讯时，他会说什么呢？

8月3日

我十四岁生日。我已经好多了，有足够的体力从床边走到窗口。屋外依旧闷热而潮湿。新来的看门人终于出现了。他身材瘦长而结实，好似一只白鼬，长着一对红醋栗似的眼睛。他挥了挥帽子，兴高采烈地跟我打招呼。他叫托马斯·温，已经跑去办了趟差事，从面包师那里带回两个大面包（那景象壮观极了），还从一个农妇那里买来市场里剩下的八个土豆和一罐柠檬酱。他说每天愿意冒险来城市的农民越来越少。明天他打算到河边去钓鱼。因为现在缺少收入，一些船工靠钓鱼勉强糊口。他说，看见泰晤士河上的船寥寥可数，真是奇怪的景象。

两天后——我想

（我把日子搞糊涂了。）昨天我半夜醒来，听见乖乖正用爪子抓我卧室的房门。我开门放它出去，它歇斯底里地狂吠着飞跑下楼梯。我点亮蜡烛，小心翼翼地跟着它，最后来到了厨房，里面的窗户被打破了。一个男人正往外爬，可是乖乖一下子跳了起来，抓住了他的脚踝。男人尖叫着将它用力踢开，于是乖乖被抛过房间。伴随着可怕的撞击声，它落在一堆盘子上。它不依不饶地大声咆哮，温先生砰砰拍打前门问发生了什么。我试图抓住男人的脚，却回想起发生在格拉顿太太身上的意外。于是我拿起掉落的平底锅，打在他的腿上。他从窗口跌了下去，不见了踪影。

伴随着剧烈的心跳，我抱起乖乖，跑上楼去。我打开窗户，告诉温先生发生了什么。

"他拿走了什么东西吗？"他问。

"据我所知没有，"我告诉他，"不过天亮以后我会更清楚情况。"

他答应次日派人去叫个装玻璃的工人来，然后我们互道"晚安"。我轻轻拍了拍我的小狗，夸它聪明，接着盖上被子。我心里想着那个侵入者，却发现内心并不希望他生病。任何一个闯入一间被封锁的屋子的人都正冒着染上瘟疫的风险。这个可怜的家伙一定已经绝望透顶了。另一个威尔，我心想。我们可怜的城市已经到了这步田地了吗？

8月6日

再过八天我就自由了。我倒数着时间。医生答应给我一份健康证明。可首先我必须找到老街上的隔离病院，打听爸爸的健康状况。上帝保佑他能活下来。

两三天后

温先生是个非常和蔼可亲的年轻人。最近几天我们谈了很多。他是，或曾经是一个富商的仆人，可这家人在疫情开始之初就逃离了这座城市。他们扔下两个男仆和一个女仆。命运如此残酷，他却还是乐呵呵的。昨天他拿走几枚硬币，跑去找吃的，然后带回来一样难得的好东西——牡蛎。我把它们打开，撒上一点儿醋，并将其中的一半送给了他以示感谢。

他终于找到了一个玻璃工，可那个人却因为惧怕瘟疫而不愿踏进我们的屋子。无奈之下我将一截粗麻布钉在了厨房的窗户上。

温先生觉得今天是8月10日

只剩下四天了。我和乖乖将获得真正的自由。我在想，它会有什么打算呢。

8月11日

温先生说又颁布了新的命令——每条街上的火把都必须点燃。在这样可怕的高温之中。

"他们是不是想杀了那些目前活下来的幸存者？"我问他。

"大火会将空气中的疫病烧掉。"他回答。

似乎每隔十二间屋子就会点燃一支火把。维护工作由离火把最近的六名屋主分担，他们必须提供木柴。这不可能，我告诉他。我们一半人都被关起来了。我们没办法赚钱，也没钱买木材。我万念俱灰。

乖乖今天十分淘气。它把爸爸最爱的那把椅子的腿咬坏了。它从小到大都从没这么干过，可它现在太无聊了，而我已经原谅了它。椅子是修不好了，希望爸爸回来的时候——如果他能回来——不要发现。（我永远都不会再以为什么都是理所当然的了。）

8月13日

八点半的钟声刚刚响起，我必须起床了。我要为明天的旅程把头发洗干净擦干。然后乖乖和我要一起出门上街。这一刻近在眼前，我不由得感到惧怕。会发生什么？但愿再也没有悲伤。我敢不敢去趟玛吉家探望她？有段时间没见到威尔了，不知道怎么回事。可是进入那个区域是否太过冒险了呢？要是医生来的话我要问问他……

晚上6点

我现在拿到了我珍贵的健康证明。上面是这么写的：

兹确认爱丽丝·佩顿未感染瘟疫，身体健康。她已在她姨妈去世的屋子里被隔离了四十天。她现在希望去往伍尔维奇，同她的叔叔约翰·佩顿及他的家人会合。

安德鲁·威克姆医师签署

1665年8月14日

我应该往篮子里装些食物带走。我需要钱，因此得把内尔姨妈的胸针和爸爸的皮面精装《圣经》当掉。等爸爸回来、这场噩梦结束的时候，这些东西都会被赎回。我还应该带上日记本、一支钢笔和一小瓶墨水。

8月15日

太阳刚刚升起，可我已经能写字了，也应该把昨天的冒险经历记述下来。我坐在自己的床上写下昨天经历的种种。

我很早就起床了，带着乖乖前往老街。一趟奇怪而恐怖的旅程。我绝没想到这座城市会如此阴沉安静。街上几乎空无一人，那些冒险外出的人全都独来独往。女人们把脸藏在一束束草药之后，而男人们则更愿意用衣服裹住眼睛以下的部分。

乖乖茫然无措，于是极为顺从地快步走在我的身边。我们从两只让它困惑的死猫旁边走过，还同一头小猪擦身而过。它从一个满口污言秽语、怒气冲冲的男人家里跑了出来。乖乖兴奋了起来，想要去追它，可我却将狗绳在手里绕了一圈，牢牢牵住。我已经下定决心，一旦遇上抓狗人，就把乖乖抱在怀里，直到我们安全地从他身边经过。

抵达老街时，我立刻就遇到了挫折。隔离病院是一幢阴暗的建筑，可我却没有被吓到，笔直地走了进去。桌子后面的男人面无表情地听我说完来意，最后拿出一支陶土烟斗，装满烟丝后将它点燃。佩顿？这个名字对他来说毫无意义。

"你肯定有份名单的，"我被令人作呕的烟雾呛到，咳了起来，却不愿放弃，"肯定能找到我父亲的名字。埃德蒙·佩顿。"

他一边摇头，一边大声吸着烟斗。

"他在海军局工作。他被送来——"

"他或许为查理国王本人工作——这对我来说没什么区别！"

我真想教训教训他，可还是彬彬有礼地说："那么谁能帮我？"

他耸了耸肩。他说，普通人病倒后不出一个小时就会被收纳入院。我真心同情那个可怜的家伙。可是，在得到爸爸的消息之前我不会走的。一个小时过去了。乖乖焦躁了起来，终于一个医师出现了，他制作了一份死亡名单。在那么多名字里寻找一个名字花去了很多时间，我因为可怕的忧虑而心跳加速。可最后我终于得知了眼下最好的消息。爸爸不在死者之列。他将于9月4日出院。

"你不能探望他，不过你可以留一张字条。"

我从日记本上撕下一页纸，写下我就要去伍尔维奇了。我决定等他身心更强壮一些的时候再把内尔姨妈的死讯告诉他。

我回到了家里，疲惫不堪，沉沉睡去。今天我要去中央刑事法庭，取我的健康证明。然后我必须雇一匹马送我去约翰叔叔的农庄。

该起床了。

晚些时候

又是漫长而让人烦躁的一天。夕阳西下，我依然待在家里。至少我拿到了宝贵的证明。当我来到中央刑事法庭的时候，等在外面的队伍里至少有一百多个人。我立刻就被佩戴着黑纱的人群震撼了。几乎人人都失去了一个亲人。悲伤地想到这场瘟疫降临在善良的伦敦人民身上，我的眼里噙满了泪水。

十点的钟声敲响的时候，我排到了一个饱经风霜、因为哭泣而双眼通红的彪形大汉身后。他转过身来，对我说的第一句话是："你识字吗？"

我点了点头，于是他把一封信塞在我的手里。这是莫洛伊医生写的，确认了健康状况。当我在破译这潦草的笔迹时，他的脸因为欣慰而有了光彩。

"我谁都不信。"他咕哝。他吻了吻信件，小心翼翼地将它叠好。

为了打发时间，我试图同他攀谈两句，可他已经用不上我了，于是闭口不言。

我担心乖乖会焦躁不安或者逃走，于是把它留在了家里。不知不觉，一个女人进入快速增长的队伍，来到我的身后。她带来了一只在柳条笼子里聒噪不休的绿鹦鹉。我意识到它嘴里冒出的是极其亵渎的话语。或许我的眼神流露出了震惊，女人焦虑地瞥了我一眼。

"这只鸟说的是法语。"她告诉我。

"真的吗?"我说，"我对那种语言一无所知。"

这似乎让她放下心来。接着她又毫无征兆地对我说（她是个健谈的人），她昨天排了五个小时，轮到她的时候已经关门了，于是被拒之门外。当时她排在第十个。别人为了得到证明花了好几天时间。我心头一沉。要是我今天运气不好，我发誓，明天一定要起得更早。

我把自己失去亲人的经历以及我不曾染病的奇迹告诉了她。她似乎得过瘟疫，后来痊愈了。她的母亲、父亲和姐姐全都死了。只剩下她父亲的鹦鹉，她说，她绝不同它分开。

"可上帝却放过了我！"当她画十字的时候眼睛闪闪发亮。

她告诉我她已经决定到住在布罗姆利的哥哥那儿去，他每年都养一大群鹅。每年12月他把鹅带来伦敦，作为圣诞货物售卖——要徒步过来，而且要很多天。想到这些生灵踩着缓慢的步子，摇摇摆摆地走向它们的宿命，我便心烦意乱。可是后来我想起去年圣诞节时我们品尝的那只塞了栗子馅、淋了面包酱的肥鹅，便急忙将这个念头放到一边。我试图想想我们下一次的圣诞晚餐，却以失败告终。在上帝的帮助下，爸爸将跟我们在一起，可是没了内尔姨妈，庆典将弥漫着悲伤。当愧疚之情再度浮现的时候，我擦去眼泪。我已经导致了姨妈的死亡，一切都回不去了。

快六点的时候我被引进了法庭大门，来到一张华丽的书桌前，那个彪形大汉正在那里等着轮到自己，他两手交叉背在身后。办事员坐在书桌后面，仔细读着他的证明书，然后皱起了眉头。

他说："莫洛伊医生？这个名字挺陌生的。"

当书桌后的男人浏览一沓名单的时候，我看见大块头全身颤抖。

"你从哪里得到这个的？"他问，"名单上没有莫洛伊。这封信是伪造的，一文不值。你是怎么弄到的？"

男人张口结舌、目不转睛地盯着他，似乎因为沮丧而哑口无言。

办事员将信件还给他。"无论你为此花了多少钱，你被骗了……下一个！"

在今天以前我从未见过一个成年男人这般痛哭流涕，可我却无法对他抱以同情。所以他得了瘟疫？我在队伍里在他身后站了几个小时。抑或他尚在恢复中？他从一件被封锁的屋子里逃了出来？当他蹒跚着从我身边经过的时候，我惊恐地退开几步。他语无伦次地轻声嘀咕着，用袖子擦着眼泪。桌子后的男人失望地摇了摇头。

"要么是个流氓，要么是个傻瓜。如果是后者我为此感到遗憾。容易受骗上当的人往往会成为庸医的猎物。"他一边在名单上搜寻我的医生的名字一边说，然后他找到了，点了点头。他填写了一张证明，签了字盖了章。"下一个！"

我走的时候对带着鹦鹉的女士微笑了一下，我们祝愿彼此安好。我回到家，躺回床上。现在我写完了，我要做最诚挚的祈祷。我没能见到温先生。毫无疑问，这里已经不再需要他了，他正在这座城市的某处看守另一幢房子。

8月16日

现在是六点三十分，我决定在前往伍尔维奇之前去探望玛吉。我去过她家一次，希望还能找到。不亲眼看到他们的境况，我无法离开伦敦。如果我看见威尔，我要告诉他自己搬去乡下的事……

同一天晚上7点

我用一束草药捂着鼻子来到圣吉尔斯教堂，同
玛吉说了会儿话，她很高兴见到我。她看上去筋疲力
尽，不过目前还活着。她家只剩下她、威尔和一个妹
妹，可是威尔因为在一幢废弃的屋子里盗窃而被关进
了弗利特监狱。她求我在走之前去看看他。

"就算瘟疫没要了他的命，他也会死于斑疹伤
寒！"她坚称。

于是，我出发前往监狱，心里实在不怎么喜欢
这件差事。到达的时候我看见形形色色的胳膊穿过一
根铁栅栏挥舞着。一小群人聚集在一起，大家七嘴八
舌，发出令人震惊的噪声。铁窗深处传来声嘶力竭的
呐喊声，他们在要吃的。我走进大门，找到一个看
守——一个骨瘦如柴的男人穿着过于肥大的衣服。他
说这里没有这个人。

"可他就在这儿！"我坚持，"我有她姐姐的口信，
必须告诉他。"

"那就在外面找找他。"

我回到栅栏处，害怕地挤进人群。我找寻威尔，过了一会儿，嬉皮笑脸的他出现了。他似乎丝毫没有因为自己的处境而沮丧，笑容依旧灿烂。

"你是来带我出去的，是不是?"他问。

我从没这么打算过，可现在我似乎必须帮他一把。不只是为了玛吉，也为了报答他对我的恩情。我欠他一个人情。一个年轻人说我得贿赂看守，于是我又回到大门那里。我发现那家伙正在啃一只鸡腿。我建议将威尔释放，或许能为情节更严重的罪犯腾出牢房。男人当面嘲笑我。看着他所剩无几的好牙，我不知道他怎么还能吃鸡肉。他问我能给他什么，而我被这个问题难倒了。

"一只锡酒壶。"我建议。爸爸会生气的，可我会勇于面对。

他吵着说不够，可我态度坚决地说我们只有这个。他把鸡骨头抛到身后，用手背抹了把嘴，然后说:"去拿。"我急忙回家，拿走两只酒壶中最小的那个。接着我有了一个更好的主意。我带着酒壶找到一个放贷人，用酒壶抵押了两先令。我告诉他我会在疫情结束之后把钱还给他，而他保证会替我保管酒壶。我来到监狱，向看守开价一先令，对他说我已经替他卖了酒壶。他伸出手来，可我却后退了一步。

"我要先看见威尔。"

他吐了口唾沫以示轻蔑，不过还是跑开了。当他走下石头台阶的时候我听见了他的脚步声，几分钟后，他带着威尔回来了。就在我拿出一先令的时候，威尔从我手里一把将它夺走，以迅雷不及掩耳之势跑出了建筑物。我目瞪口呆地凝视着他的背影。监狱看守面色铁青，可他什么也做不了，因为一旦声张，受贿行为就会败露。我傻乎乎地犹豫是否要道歉，可是看守因为上了当而勃然大怒，一把将我推在地上。我正要站起来，他又狠狠地咒骂我，使劲踢我，于是我又一次摔倒了。我蜷成一团，祈祷他不会杀了我。另一个男人的出现救了我。我颤抖着从地上爬了起来，动身去追威尔。

他正在街角等我。

"你怎么了？"他问。

我把经过告诉了他，他一脸窘迫。他把钱还给我，说他用不着。他到处都能找到丰厚的外快。

"可你会再被抓起来的。"我反对。

"不会的！"他哈哈大笑，接着正色说道，"我要去斗鸡场试试运气。一小笔赌注或许就会带来回报，而我也很想瞧瞧鸡飞狗跳的场面！"

我提醒他，斗鸡如同其他大部分运动一样，已经被官方禁止了。他轻轻拍了拍自己的鼻子。他是不是知道什么我不知道的事情？有的是办法，他告诉我，然后飞也似地跑开，消失在视野中。可悲的是我必须接受他天生就是个小偷这个事实。我做了一个简短的祈祷，保佑他不会死于非命。

我思考着是否要赎回爸爸的酒壶，但最后决定，我可能会需要用钱。无论如何我得找到一匹马，然后启程前往伍尔维奇。我经过几家马车行，可没人能帮忙。在未来的几天里他们的马匹都被预定了。我看见一个承运人的招牌，却被邻居告知这名承运人已经死了。前一天他遭到了两个男人的袭击，他们偷了他的马匹和马车，任他不省人事地躺在鹅卵石路面上。

我放弃了寻找，回到家里，乖乖欣喜若狂地迎接了我。我们度过了一个安静的夜晚。我发誓明天要做得更好。

8月18日

今天我的身体因为在监狱遭遇的毒打而青一块紫一块。我的右腿无法弯曲，但会好起来的。没时间自怨自艾了。

现在街上点着火，而我必须提供一些引火物。我在院子里找到几块小木材，带着它们来到最近的火堆。空气中不带一丝微风，火焰不稳定地闷烧着，烟比火苗更大。我双眼刺痛地回到屋子里。火焰真能烧尽空气中的瘟疫吗？为什么我表示怀疑呢？

伴随着胃部传来的绞痛，我很早就醒了，今天实在没有心思寻找马匹。我决定好好休息，养精蓄锐，这么做对我有好处，因为医生来看我了。他教我该如何用烟熏消毒内尔姨妈的病房，"以免等你在疫情快要结束的时候回到家，发现疾病依然流连在此"。

他很高兴我获得了健康证明，并且催促我尽快离开伦敦。

他走后我在院子里点了一小堆火，烧了内尔姨妈的床单。一时心血来潮，我检查了她的衣橱，发现了她的宝物，它们整齐地包裹在纸张或布料里——一帧我外婆的小画像，一束褪色的薰衣草，一捆我没读过的信，还有一封我读过的信。信是一个名叫贾斯汀的男人写的，他想同内尔姨妈结婚。我好奇地读了下去，接着感到无比羞愧。可怜的内尔姨妈显然拒绝了他，说因为我妈妈已经死了，她必须照顾我和爸爸。

> ……我以极其沉重的心情尊重你的意愿，最亲爱的埃莉诺。若你同我结婚我们可以视若己出地将孩子养大，可既然你坦白你还钟情于鳏夫，我则无法……

这个发现令我大惊失色，因为我对姨妈和贾斯汀的恋情一无所知。而我也完全不知道内尔姨妈或许深爱着爸爸。他知道吗？如果是这样的话我猜想他并不爱她。我母亲死后他本可以在合适的时候跟内尔姨妈结婚。而我也可能拥有完全不一样的生活，这么想实在奇怪。我会由内尔姨妈和贾斯汀抚养，和他们生的兄弟姐妹一起生活。

我把信放回原处，叹了口气。可怜的内尔姨妈本可以过上迥然不同的生活。希望她不曾后悔为了照顾我们而放弃贾斯汀。我多么希望自己当时对她更好一点儿。

我还找到了一只小小的大象雕像，我应该自己保管好它，把它当作护身符随身携带。我知道内尔姨妈不会反对的。

下午我去了趟药房，买了琥珀、硝酸钠和硫黄。

他说："我想你正在烟熏消毒一间屋子。"

我告诉他内尔姨妈的死讯，他悲伤地摇了摇头。"我几乎已经没什么药材了。你真的很幸运。"他又催我尽快启程。

"二十四小时关紧窗户，然后用毛巾或小毯子把烟从房间里赶走。"

我遵照吩咐做完了所有的事。我点燃内尔姨妈房间里的炉火，把硫黄、琥珀和硝酸钠搁在烧红的煤堆上。它们立即散发出大量的烟雾，让我喘不上气来。我退出房间，关上门。我感觉自己仿佛正关上通向过往生活的大门，那时的我幸福而无忧无虑。我在想，那段时光会否重现？

8月19日

我背靠树干写下这篇日记，此时我已离城四英里。我的马嘉士伯，一匹灰色矮脚马，正在附近吃草。它虽然眼神狂野，却跑得比蜗牛还慢。我花了两先令，从一个运货马车车夫的妻子手里买下了它。她丈夫死于瘟疫，而她想要摆脱这只动物。

"这只坏东西咬我，"她告诉我，"而且我一靠近就踢我。随你怎么用它。比起寻觅干草和燕麦喂饱它，我不如干点儿别的！"

我没钱买货运马车，所以已经横坐在马鞍上快三个小时了，为了遮阳我撑着内尔姨妈的阳伞。我亲爱的乖乖在旁边一路小跑，起初被马匹和我骑马的样子弄得摸不着头脑。刚开始的半小时里它不断地发出哀鸣，可最后终于妥协了。

我或许又饿又累（一定是这样），可谈不上孤独，因为路上满是跟我一样赶路的人。我们全都徘徊于希望与绝望之间。每个人都感恩自己尚在生者之列，却又为死者而哀痛不已。

一个年轻人一言不发地用一辆独轮车推着他年迈的祖母。许多人都没有交通工具，靠步行逃难——进程缓慢。至少我没有沦落到如此地步。一辆大型四轮马车载着一大家子人从我身旁经过。我数了数，有十二个人挤在里面。估计是朋友和邻居也一起加入了他们。几个出身高贵的年轻人也从我身边经过，他们骑着骏马，我猜他们正是这些马匹的主人。其他马上都骑着两个人，坐在后面的那个紧紧抓着前面那个的腰。每个人的眼睛里都流露出忧虑的神色。

正当我坐在这儿写日记的时候，几个不幸的人从反方向走来。这几个可怜的家伙因为各种原因被拒绝入境。对我们其他人来说，他们是最可怕的预兆。他们坚持认为我们也会被赶回去，可我的钱包里妥善保管着我的证明书，就这一点来说完全不需要担心。

现在，乖乖因为我下了马而欢天喜地，用身体紧紧贴着我。我们全都吃了东西——一块面包和一些我昨天做的冷羊肉。羊肉很硬，我知道自己在嫁出去之前必须增进厨艺。这话内尔姨妈对我说过不止一回，可我却当成耳旁风。现在谁会帮助我成为一个好妻子呢？

第二天

我离那座可怜的受灾城市又远了一些。不知道何时才能重见我所熟知的伦敦，那里有欢乐的人群和熙来攘往的大街小巷。此刻周围除了草地和树林什么都没有——帐篷似蘑菇一般涌现出来。这些帐篷属于那些无家可归，又没有亲戚能收留的人。他们在自认为远离瘟疫的地方安营扎寨。各种火堆燃起烟雾，空气中满是做饭的味道。附近的教堂已经敲响了七点的钟声，但天空依然明如白昼，孩子们在帐篷间奔跑玩耍。我嫉妒他们。对孩子们来说这无疑是一次伟大的冒险，而对我来说这几乎是种折磨。

　　我觉得有一个词可以形容我眼下的状态——屁股疼。此刻我多么希望自己曾经把握机会在约翰叔叔的农场里多骑骑马。现在我全身的骨头和关节都僵住了，并且希望马匹从此在我的眼前消失。正如它的主人所保证的那样，嘉士伯的脾气真的很坏。它经常毫无缘由地停下，实在太过突然，有几次我被扔下了马背。当我试图重新上马的时候，它转过头来想要咬断我的腿。它还踩了我的脚两次，拖着我疯跑了一次。它讨厌我。对此我确定无疑。

　　乖乖心情低落，精神不振。不到一个小时前它同一只猎犬打了一架，一败涂地。我不得不跃下马背营救它，而就在我分身乏术的时候，我的坐骑却选择离我而去，使我差点儿失去了唯一的交通工具。乖乖的一只耳朵被咬破了，还没了一颗牙，可我却一点儿也不同情它。这只能怪它自己。它似乎以为大路是属于自己一个人的，其他狗都是入侵者。

　　我现在应该把自己裹进毯子里，努力睡一会儿。嘉士伯已经厌倦了我靠着睡觉的这棵树上的低矮树枝。如果晚上下雨的话，我就会变成落汤鸡，因为除了内尔姨妈的遮阳伞我没有任何遮蔽物，而这把伞在倾盆大雨面前帮不了我什么忙。

那天夜里

我被巨大的喧闹声吵醒。通过询问，我得知一个男人全身痉挛，然后死了，而一个老妇人被指控向他施了妖术。我们家向来都将巫术视为野蛮而残暴的行为，可我却承认自己对它颇为好奇。我抱起乖乖，走入人群之中，看见一个老人躺在草地上。他身边是一个弯腰驼背、长相丑陋的老妪。她矮小而瘦弱，披头散发，吓得脸色发灰。的确，她的样子就像一个嘴里没几颗牙、说话尖声尖气的巫婆，可我却并不相信。一个大块头中年男子正粗鲁地将她整个人左摇右晃。他胡子拉碴，而从穿着来看，此人从前一定非富即贵。

"你杀了他，"他坚称，"招认吧，你这个邪恶的老太婆，要不你会吃苦头的。"

人群兴奋地大声呼喊。

"赞成，招认。"

"把她同死者埋在一个墓里。瞧瞧她会怎么样。"

"吊死她。这个坏东西。"

"她是恶魔的女仆，果真如此。"

大块头呼吸急促，眼里闪烁着扬扬得意的神色。

"我不是女巫，"老妇害怕地哭喊，"这事儿和我没有关系。"

我等着有人为她辩护，然而并没有人站出来。看着她那瘦弱的身躯，我的脑海中突然闪现出可怜的内尔姨妈临终前的样子。我推开愤怒的人群，挤到前面。

"放开她，"我对众人说，"她是无辜的。"我大声疾呼，声音却在颤抖。瞬间所有的视线都集中在我一人身上。

男人对我怒目而视。"你知道什么？"

"这是常识。"我这样回答是因为关于这个问题爸爸就是这样对我说的。他还说过巫术是用来对付"容易上当受骗的傻瓜"的，可我因为害怕被报复，不敢完全引用他的说辞。我尽己所能勇敢地发言，毫不畏惧地直视男人，可我的内心深处却战栗不已。

"这个人死于痉挛。"他一再强调。

一个女人发声："她或许会用她那邪恶的眼睛看向我们其他人。也许看的就是你。"

"她没有邪恶的眼睛。"我对她说，可就连我自己都觉得我的抗议软弱无力。我无法证明她的清白。

大块头男人无视我的存在，又狠狠地摇晃老妇人。她啜泣了起来，双手合掌讨饶，用微弱的声音呜咽着祈求宽恕。就在我不知下一步该怎么办的时候，另一个声音响起：

"这个姑娘说的是事实。愚昧之人才会相信巫术。"

这是一个受过良好教育的年轻人。他身着华服，帽子上点缀着一根羽毛。或许是个富商的儿子。他看着因愤怒而脸色通红的大块头男人。"先生，"他温和地说，"您看上去是个聪明人。放开这位老妇人。"

事实上这家伙看起来正好相反，可我立刻就明白了这个年轻人想要如何解决问题。大块头会选择给自己打上"愚昧之人"的烙印吗？正当他犹豫不决的时候，年轻人大步走向他，伸出一只手："让我们握手言和，就像两个聪明人一样。"

我怀疑这家伙此前从未被人说过"聪明"，他喜欢这个新词。他还没反应过来，他们的手便握在了一起。与此同时，人群中传来一声惊呼。

"快看，这个人没有死。瞧，他睁开了眼睛。"

没错。男人揉了揉眼睛，然后坐了起来。形形色色的观众们窃窃私语起来，人群又往前凑了几步——只有老妇人除外。她趁此机会落荒而逃，很快消失在人群中。

他们帮着男人站起来，为他的死而复生惊奇不已。我知道自己帮不上什么忙了，于是退了出来写我的日记，现在应该试着再睡一会儿。

可能是8月21日

我被乖乖歇斯底里的咆哮声吵醒，睁开眼睛发现那个年轻人就坐在我的身边，等着我醒来。一匹黑色大马被一根长绳拴着在近旁吃草，而男子已将缰绳绕

在了他的胳膊上。在阳光中我能看见他浅蓝色的眼眸
和光滑的皮肤。他的金发在帽子下自然地拳曲着。我
立刻坐了起来，擦了把脸。我因为自己乱七八糟的样
子现于人前而感到十分尴尬，却又很高兴看见他。他
说他欣赏我的勇气。发现这个男人对我没有恶意，乖
乖赶紧跟他打招呼，友好地摇起了尾巴。温赖特先生
轻抚他的耳朵，于是乖乖的眼里就再也没有它可怜的
女主人了。它对我的忠诚也不过如此。

"我也很欣赏您，"我对温赖特先生说，"欣赏您
解决问题的方法。一个聪明家伙，您是这么叫他的。
那么做很聪明。"

我们一起开怀大笑。我多么希望自己能梳梳头
发，刷刷牙。要是在更幸运的情境中认识他该有多
好。命运真残酷。"我正往伍尔维奇的方向走。"我
说，心里抱着一丝希望他也要去那里。

他似乎并没有固定的计划。

"我去哪里视心情而定——只要远离那座可恶的
城市就行。"

我跳起来为伦敦辩护，这让他哈哈大笑。接着他

建议我们可以一起走。就在那时候我有了一个可怕的发现。我原本拴在树上的马不见了。我惊慌失措地大叫，立刻明白若没有他我的旅程将何等艰辛。

我们问了很多人，可没有人看见马被牵走。当然啦，没人承认。我觉得有一两个人面带愧色地看着我的悲惨遭遇，现在想来他们当时是故意掉过脸去。似乎在瘟疫阴魂不散的地方，人们都选择事不关己高高挂起。他们设法离他们的邻居和那些会责怪他们的人远远的。

没有了马，我便失去了交通工具，可至少我还有健康证明书。我的钱也很安全，因为我把它藏在了裙子下的钱包里。

令我倍感安慰的是，温赖特先生提出跟我共用他的马，于是我愉快地接受了。（老实说，我很高兴有借口能跟一位如此英俊的年轻绅士同骑一匹马。）我不知道他多大，也不知道他有没有恋人——或者更糟的是，已经有了妻子。如果没有，我则吃惊于他的年龄。他会等着我长大成人吗？六年之内我就二十岁了，爸爸再也不会阻碍我。玛吉该会多么嫉妒啊！

温赖特先生的坐骑是一匹有着光滑栗色毛皮和光亮鬃毛的良驹。它的棕色眼眸温柔而聪慧。它跟我那四可怜的灰色老马完全不可同日而语。我坐在后面，出发前往我们旅程的最后一站。温赖特先生告诉我，他会送我去伍尔维奇，然后继续独自一人远远拉开与城市间的距离。他说如果我愿意，并且考虑到眼下情况特殊，我们或许可以直呼对方的名字。我立刻就同意了。

我们在正午时分停了下来，然后温赖特先生——他叫马库斯——从随身携带的背包中取出面包和奶酪，递给了我。我们喝着麦芽酒吃着食物，觉得自己是幸运的。

就在这时候我被几个返回伦敦的人吓着了。我叫住其中一个低头独自行走的男人。他一副垂头丧气的样子，于是我问他为何从伍尔维奇撤退。

"你管它叫'撤退'？也对，这么说有点儿道理，"他沮丧地看着我，"现在情况危险。那些家伙不让我们过去。不管有没有证明。"

"危险？"我目不转睛地盯着他，大吃一惊，"可我们有证明书。他们还需要什么？我有个叔叔——一个农夫。他会给我提供庇护。"

男人摇摇头："你很快就知道了。他们非常不讲道理，把我们全都当成威胁。"

"可要是我跟他们讲道理……要是我解释……"

他苦笑了一下，向前走去。我觉得诧异，却不服气，于是马库斯和我又上路了。下午晚些时候我们看见了第一批临时房屋。大多数屋子是用毛毯和篱笆桩搭成的。一开始只有一两间，可越往前走我们看见了越多的屋子。我猛然悟出了真相。被拒绝进入伍尔维奇的人要不在野外露营，要不就返回伦敦。我因恐惧打起了冷战。要是约翰叔叔不为我担保，我的命运就跟这些人一样。

傍晚时分我们离小镇已不到一英里，能看见房屋和一座教堂的尖塔。我突然之间充满信心，觉得一切都会顺利的。我能说服他们。我会被允许进入小镇。我想象着约翰叔叔张开双臂迎接我的样子。

接着我们来到路障处，而我刚刚重拾的信心动摇了。树木被砍了下来，有些横在路当中，有些堆在路边。路障后面等着一群满面怒容的男人，有几个手上握着枪，有几个则手持棍棒，另一个挥着剑。他们正与被路障阻挡无法前行的人们争论不休，盛怒之下声音响亮。

马库斯溜下马背，然后帮着我下马，我们站在那儿，看着眼前这幕丑陋的场景。

"就算给我们看一千张证明书也没用，"其中一个守卫大喊，"这些东西一文不值。有一半都是伪造的。你们把我们当傻瓜吗？带着瘟疫回伦敦去。"

我突然之间感到怒火攻心，而愤怒给了我勇气。我用胳膊肘拨开人群，拼命挤到了前面，拿出自己的证明书。

"这份证明在中央刑事法庭盖了章签了字，"我对他们说，"你们竟敢说它是假的？"

"哎呀，"他用装腔作势的语调回答，"你们竟敢说它是假的。你们听听她说的话。"

从路障另一边传来一片窃窃私语，可我绝不认输。我不能接受自己被拒之门外。

"你们难道以为，"我回答，"我会带着一份假文件跑那么远的路？你们把我当傻瓜吗？"

"对，比傻瓜还不如，"其中一个守卫回答，黝黑的脸上流露出可怕的恶意，"你们伦敦人让我感到恶心。天下太平的时候你们那么高高在上，把我们视作乡巴佬。可生病的时候你们又跑到乡下来请求我们的帮助。"

他的伙伴们异口同声地附和，可我却锲而不舍。

"那就派人去把我叔叔叫来，农夫约翰·佩顿。他会为我做担保。"

我的声音因愤怒而颤抖，然而我的心中已然升起了一个疑问。我看见他们的脸上明显流露出毅然决然的神情，事实上我压根不指望自己能赢。

"你是谁，凭什么命令我们？"其中一人大吼，"自以为是的小女佣，不是吗？我们可不想要你这种穿着漂亮衣服、夸夸其谈的人。装腔作势。我们了解你这种人，所以你还是滚吧。"

他一拳用力打在我的胸口，将我打飞了出去。我身后拥挤的人群接住了我，使我没有摔倒。

"哪儿来的回哪儿去。"他咆哮着，然后突然哈哈大笑起来。

另一个人高喊："对，回烟雾弥漫的伦敦去。肮脏的鹅卵石。冒烟的烟囱。"为了证明自己有多么憎恶伦敦，他朝我的方向啐了一口，不幸中的万幸，他的口水没有溅到我。

"他说得对，"又一个声音冒了出来，"回那个满是恶心气味、垂死哭喊的地方去。那里适合你们所有人。"

我紧捂着被他痛击的胸口重新站稳了。我眼睛里噙着痛苦和愤怒的泪水，努力掩盖想哭的冲动。我转身，脚步蹒跚地走向马库斯。他揽着我的肩膀以示安慰。我把自己失败的经历告诉了他，他大为震惊。

"可是你很勇敢，小爱丽丝。"他对我说，然而他温暖的话语让我更想哭了。我瘫坐在草地上，潸然泪下。不只为我自己哭，也为了在我身边上演的悲剧而哭泣。我实在不知道这场苦难何时才会结束。像内尔姨妈一样死了才好，我自暴自弃地想，无论马库斯说什么都安慰不了我。

8月22日或23日

我不知道今天是几号，也不关心。我多么希望自己待在家里，至少还有能遮风挡雨的屋顶，一张能睡觉的床。我问上帝为什么要这么对我，怀疑这一切是因为我杀了内尔姨妈而对我的惩罚。可若是如此，其他人又犯了什么罪呢？

破晓时分我与马库斯分开了，因为他已经决定继续出发，或许去埃尔瑟姆。他请求我陪他一起走，可我在那里无亲无故，并且下定决心再次与约翰叔叔取得联系。马库斯把他的另一条小毯子留给了我，让我感激涕零。

我写下我叔叔的地址，把纸条塞在他的手里。我必须找一个信得过的人，于是选择了一个长着一头乱蓬蓬淡黄色头发的小伙子。他正在路障另一边的人群边缘闲晃。我给了他三便士作为报酬，然后唯一能做的就是祈祷他是个老实人。我恳求约翰叔叔能到路障处来，要求他们放我进去。祈求上苍他会来。我收回自己对农场和他们的生活方式的一切批评。用肥皂好好洗个澡——再喝一碗玛丽婶婶的炖汤就是莫大的幸福。一旦生活中最简单的快乐被夺走，它们将会变得多么珍贵。

我不得不用狗绳牵住乖乖，它讨厌这样，可怜的小心肝。它一直跑来跑去，有一次还叼回来一只小兔子。我没有火，不过旁边的一户人家配上几根胡萝卜把它烧熟了，分给了我一些。我拒绝了，说自己应该很快就会被我叔叔接走。我觉得他们比我更需要食物。后来乖乖又打了一架。这回是和一条牧羊犬，而它又一次被打败了。它的耳朵破了，前爪在流血。我现在很怕它消失在我的视野范围内。

第二天

约翰叔叔没有来。他怎能抛弃我？我等了一整天——直到来不及另作打算。我曾确信他会为我说话——最后大失所望。可他知道我在这儿吗？浅黄头发的男孩有没有把把信送到？约翰叔叔是否曾试图与我联系，抑或他也害怕我携带着瘟疫？或许他们决定谨慎行事。玛丽婶婶可能害怕在疫情如此严峻的时候收留我。他们要考虑自己的孩子。这都是我的错。我应该早些来的。真的好后悔。要是我们在约翰叔叔第一次写信给我们的时候离开伦敦，内尔姨妈就不会死，而我们都会安全地待在农场里。

第3天

一早。昨晚我哭着睡着了，此刻孤苦伶仃地坐在这里。迷惑，孤独，又充满了自责。我一直在想马库斯的境况。希望他过得比我好。

同一天晚些时候

现在我真的一无所有了。乖乖咬断绳子逃走了。我花了几个小时四处寻找它，却不见它的踪影。我原以为不会再有更糟的事情发生，可我错了。当然它可以养活自己——周围有许多兔子，可我还会再见到它吗？

听说今天是8月25日

　　我陷入了可怕的困境之中。我什么都没有，必须返回伦敦，等待爸爸从隔离病院释放。可乖乖怎么办？我怎么能抛弃它？我花了大半天时间找它，却一无所获。有人说他们看见它在这儿在那儿，可它却彻底消失了。我一整天什么都没吃。知道约翰叔叔离我那么近却不能帮助我，这对我来说是个巨大的挫折，可我却无能为力。我应该再试图说服路障处的男人们一次我的证明书是真的。然后我就放弃。

3个小时后

　　他们还是不肯放我进去，乖乖依然不见踪影。我希望在我睡着前上帝能听见我的祷告。黎明时分我就要开始长途步行走回伦敦，但愿我能够顺利到家。

8月27日

昨天，承蒙天恩，我的祷告得到了回应。或许上帝不再生我的气了。在我朝着家的方向走了大半天以后，我突然喜极而泣。一转身，我看见卢克坐在他的货运马车上，车上已然拉着一个老人、两个憔悴的妇人和一个孩子。

"真是太好了，"他大喊，"是小爱丽丝·佩顿。"

他问我想不想搭他的车回家。我告诉他我身无分文，但会让我的父亲好好酬谢他，但愿父亲正从瘟疫中痊愈。我的话让坐在他车上的人充满了警惕。我向他们出示了我的证明书，于是他们立刻放下心来，把我拉上了车。卢克坚持让我跟他坐在一起，我们一路交谈，叙述着各自的冒险经历。我们在路上停了一次，好让马匹休息休息、吃点儿草，接着又迈开大步重新启程。

当今天凌晨一点的钟声敲响的时候，我们来到了伦敦郊外。虽然看见这座受灾的城市令人伤心，不过我依然很高兴回来。卢克把其他人送达目的地后（他们是一家子），我们驾车前行。街上依旧燃着火堆，火光照亮了黎明前黑暗的天空。我们在刚要凌晨三点时到了我家。卢克回他自己家去了。我独自一人跌入床中，各种滋味涌上心头，心绪比一周前我离家时更复杂。

我睡到十一点，接着鼓起勇气带着爸爸的一本皮面精装书出了门，用它借到了一先令。用这些钱，我勉强买到了面包、牛奶和三个鸡蛋，为自己做了份煎蛋卷，然后狼吞虎咽起来。我多么希望能跟乖乖一起分享这美味，可我对它的下落依然一无所知。回家的路上我不停地寻找它的身影，向我们遇见的每一个人打听，可全都是徒劳。没有它的屋子安静极了，可我已经发誓再也不抱怨任何事。上帝已经把我带回了我所钟爱的城市，我必须感到心满意足。

8月29日

该睡觉了，我全身的骨头就像散了架似的，然而这幢屋子却闪闪发光。用内尔姨妈的话来说，好似一尘不染。我把屋子上上下下打扫了一遍。所有的窗帘和毯子都已经在院子里晾晒过了，每一条地毯都被彻底拍打。我开始感激玛吉所付出的辛劳。要是她能活下来，回到我们身边，我要说服爸爸给她加薪。

8月31日

我实在是这世上最幸运的人。我听到有人敲门，打开一看，是一个陌生人，胳膊上挽着一只篮子。他是约翰叔叔的朋友，到城里来短暂停留处理一些急事（他是个羊毛商人）。尽管我向他保证屋子里很安全，他却不愿冒险进入。

他把篮子递给我后立刻走了。篮子里有一罐蜂蜜、一些新鲜黄油和一块山羊奶酪。还有一条羊腿和六颗甜菜。感激的泪水溢满我的眼眶，我发誓我再也不对任何人恶语相向。我敢说约翰叔叔根本不知道我试图进入伍尔维奇。明天我要尽情享用肉和甜菜。

9月1日

星期五。就连知道今天是几号都是一件令人高兴的事。当我回想自己在外一周遭遇的种种困窘时，我不敢相信自己得以幸存。我想起马库斯·温赖特，不知道他是否待在埃尔瑟姆，抑或向南去到了肯特。还有那个被人们叫作巫婆的可怜人——她怎么样了？还有我亲爱的小狗。我安慰自己某个善良的人一定会同情它，照顾它。无论如何也不要受到抓狗人的伤害。今天早上我看见抓狗人从门前经过，忍不住想把污水倒在他身上。

9月2日

我正在倒计时爸爸被释放的日子。到时我应该在外面等他，以免他以为我出了城而跑到伍尔维奇去。

9月4日

爸爸回家了。我欢欣无比。我等在隔离病院外面，然后带他回了家。他十分虚弱，几乎无法行走。完全康复还需要很长一段时间。我不知道该如何宣布内尔姨妈的死，可当他问起她的境况时，我便哭了起来，于是他立刻知道了真相。我们尽己所能地彼此安慰，可是却连向她献花的墓碑都没有，这令人伤心欲绝。毫无疑问当一切结束时，我们会找到她的尸体，可那是一座巨大的坟墓，思及此我无法面对。

9月6日

星期三，两点——爸爸已经睡了一上午。我用蔬菜和大麦煮了些汤，他发现大麦是眼下最受欢迎的商品。他依然被关于隔离病院的回忆折磨着，而这是他不能或不愿谈及的。内尔姨妈的死也对他造成了沉重的打击，除了回答我的问题，他几乎闭口不言。我尽可能让自己开朗一些。

我冒险出门寻找牛奶和鸡蛋，听到两个男人正在讨论每周死亡率。似乎这个星期有近七千人死于瘟疫，真是难以置信。会有人活下来吗？为免让爸爸的情绪更加低落，我没有把这个消息告诉他。

九点——威尔来了，想看看是否有人在家。我不敢邀请他进来，只能透过客厅的窗户跟他说话。玛吉以为我已经去伍尔维奇了，几乎觉得再也见不到我了。我有许许多多的话要跟她说。他们似乎收到了一些救济金，可钱已经花完了，而她渴望再出去上班。她妹妹正在痊愈，而且十四岁，可以照顾好自己了。威尔还是一如既往地生龙活虎。他主动提出要说几个笑话逗我爸爸开心，可爸爸却拒绝见他。威尔走的时候答应明天把玛吉送到我们这儿来。

"还有，你能不能离监狱远点儿？"我请求他，"我不能在每回他们把你关起来的时候都创造奇迹。"

他露出得意扬扬的微笑。"我发誓我会尽最大的努力，"他把手放在心上，对我说，"可我无法保证。"

他生来就是个流氓，却又那么迷人，真是令人扼腕。

我爸爸给了我些钱，于是我取回了留在债主那里的东西。爸爸觉得我对内尔姨妈的死没有任何责任（这是个巨大的安慰），还盛赞了我对她的照顾。

9月11日

终于我又有力气写日记了。从玛吉回来的那天起我便卧床不起。医生告诉我是过去几个月来的积劳成疾让我的身体无法负荷。在我往返伍尔维奇时食物短缺，更加重了病情。感谢上苍当我倒下的时候有玛吉做我们坚强的后盾。当我晕倒的时候我正在为一锅炖汤切洋葱。我醒来发现玛吉正拖着我上楼，好让我躺在床上。

可当时爸爸已经好一些了，能下床走动了，于是让玛吉立刻去请医生。因此现在我成了病号，可我周围的生活正在慢慢恢复正常。爸爸冒险回了趟办公室，工作如预料般杂乱无章。内尔姨妈不在了，没人跟他聊天，爸爸坐在我身边，告诉我他工作的种种，这令我产生了浓厚的兴趣。现在我成了家里的女主人，他不再把我当孩子对待，真让人高兴。瘟疫以一种奇怪的方式让我们变得更亲密无间。

瘟疫依然笼罩着伦敦，尽管医生强调疫情已达峰顶，现在其凶猛之势一定会慢慢减弱。他说还是有新的病例出现，可越来越多的人正在好转。我们必须感恩于小小的恩惠。

9月17日

礼拜日——我今天好多了，希望自己能去教堂。我想跪在长椅上，在上帝的居所里献上感恩的心，可爸爸却不让我去。于是我在床边祈祷，感谢上帝佑我平安，让爸爸痊愈。我没有向他提起姨妈，因为我不想责备他。我依然思念我可怜的乖乖。我知道自己再也见不到它了，而爸爸已经答应一旦疫情结束就再让我养一只狗。我说"好"，可没有一只小狗能替代乖乖。它是我九岁生日时收到的礼物，是我形影不离的伙伴。玛吉说瘟疫结束的时候，活下来的猫狗将所剩无几，因此一定价格不菲。

我没有提起自己被遗忘的生日。除非爸爸明年记起，否则我怀疑自己再也不能拥有那串珍珠项链。那时我就十五岁了。到那时，当一个合适的男人出现的时候，虽订婚的话年龄还太小，但我一定能聪明地感知到他的存在。

今天早上爸爸派玛吉爬上阁楼，她在那里发现了六只栖息的鸽子。我不知道它们从哪儿来的，但它们看起来却很逍遥自在。所以明天，如果能找到一个卖煤的，我们就能吃上一个鸽子馅饼了（但愿如此）。鉴于爸爸不信任玛吉的厨艺，我应该用内尔姨妈的菜谱。天气依旧炎热，我因为炉火的高温而汗流浃背，可爸爸却认为我们大家都应该尽可能多吃补品。（玛吉说她觉得自己就像一只为了上圣诞餐桌而被养肥的鹅。）要是能凉快些该有多好。真是一个又热又潮湿的夏天。

9月19日

感谢上帝。我的小狗被送回到了我的身边。我几乎不敢相信这是真的。今天下午三点左右传来一阵敲门声，我打开一看，格拉顿太太站在门阶上。我像见了鬼似地盯着她，接着发现她怀里抱着乖乖。狗绳被牢牢地绕在她的手里。

"我想这只小调皮鬼是你的。"她说。

我惊讶得说不出话来，可还是把它接了过来，紧紧抱着它。我的眼里泛着泪花。它感觉轻了些，一副无人照管的样子，但却安然无恙。

"我当时正从达特福德回来，"格拉顿太太继续说道，"看见它正跟另外两条狗一起撒欢儿呢。我立刻就认出了它。你还记得那时候我被下流的恶棍搭讪吗？当时可爱的乖乖把脑袋搁在我的膝头，那样深情地看着我，仿佛设法安慰我似的。"

我点点头，忙着亲吻乖乖，来不及回答她的话。

"我立马就知道失去它你会多么伤心，"她继续说下去，"于是就开始追它。"

她不愿进屋，可我们聊了很久。她丈夫因为瘟疫死在了隔离病院，可是，跟我一样，她并没有感染。这么说她没有被那个亲吻她的下流的坏蛋传染。要是她没有因为那个讨厌的吻而染上瘟疫，那么那家伙就没有被传染。因此内尔姨妈也不会因为同她或者我接触而得病。她染病的原因成了一个谜——除非是因为去萨瑟克区旅行的那天她的裙子被弄脏了。可怜的内尔姨妈无法死而复生，可她的死却不是我造成的，为此我发自内心地感谢上帝。

我告诉格拉顿太太我曾经计划投奔约翰叔叔，却又被赶了回来。看起来她逃离伦敦的时间比我更早，她去了达特福德——她寡居的妹妹贝尔太太跟她从事药剂师的儿子爱德华住在那里。我们聊了很多，分手的时候决定成为朋友，当这座城市恢复原貌的时候再见面。茫茫人海中唯有她让我同我可爱的小狗重逢，实在太奇怪了。如果我们不曾向她施以援手，她也不会认出乖乖，而我将永远失去它。

9月21日

我忘了说，尽管外皮很硬，鸽子馅饼还是可以下咽。（我将原因怪罪在眼下根本买不到用来做点心的黄油。）而且，它还填饱了我们的肚子，感谢上帝。今时今日许多人都处于忍饥挨饿、无家可归或者身染恶疾的困境之中。我们必须感谢上帝目前为止我们安然无恙。

9月24日

除了跟乖乖待在一起的喜悦之外无事可记。我不知道它是不是跟我一样高兴。我想象着它和其他流浪狗一起在田野间玩耍、到处抓兔子的样子。毫无疑问，对它来说，与被禁锢在这幢房子里相比，那真是一段美妙的自由时光。可它的状态却很糟糕——它的毛缠结在一块儿，满是毛刺，我不得不剪去了一些。接着我替它洗澡和梳理。它讨厌这些事儿，现在它又变回了从前的样子。

9月27日

走过去的不是别人，正是温先生，他曾是我们的看门人。我很高兴看见他依旧身强体健，精神饱满。他几乎身无分文，靠替街坊们跑腿赚钱。他带来了一个令人振奋的消息，最严重的疫情已经过去了。医生们保证死亡人数正不断减少。温先生希望下个月底前他的主人会回来，他能重操旧业。

"我希望再做他的仆人，"他告诉我，"当他抛弃我的时候，我曾发誓再也不回他那里，可在他逃离这座城市以前，他真的是个好主人。"

"死了太多人，"我说，试图鼓励他，"爸爸说对仆人这类工作的需求将会很大。你或许能自己开价。"

"我也有同样的想法。"他笑着走了，耳畔萦绕着我美好的祝愿。

11月21日

终于又能写日记了。我和约翰叔叔一家一起度过了几个星期，所以把日记本藏了起来。路障一经清除、高速公路开放以后，爸爸便坚持我应该去伍尔维奇，在新鲜的空气中好好休养。我必须承认我比预料的更加享受这段时光。凯特的宝宝——一个叫莉兹白的小女孩——是个可爱的孩子。她有蓝色的眼眸和乌黑的头发。我抱她的时候她不吵也不闹。我觉得自己一定像个母亲。

可怜的杰姆，孩子的父亲，死于瘟疫（当他们的驳船停泊在泰晤士河上时染上的）。这孩子将由玛丽婶婶抚养，她将宝宝视若己出。凯特满心凄然，可玛丽婶婶却说："她只不过有点儿伤心，以后会好的。"

我发现和不曾经历瘟疫、对此没有真切了解的人生活在一起感觉很奇怪。关于可怜的内尔姨妈的死，他们提了许多我不曾细想的问题。乖乖很高兴回到了乡下，可我却无时无刻不盯着它，唯恐他再一次消失。大体上这是一段休闲时光，可我却十分高兴能回到伦敦，我属于这里。

医生们充满希望的预测被证明是正确的。临近十月末时每周死亡人数迅速减少，从那以后一直保持着这个趋势。在寒潮降临前疫情不会结束，可是已经有人回伦敦了。

12月1日

由于必须在家里充当内尔姨妈的角色，我写日记的时间越来越少。煮饭，采购，打扫……即便有玛吉的帮忙，时间也惊人地飞逝。每晚我倒在床上，立刻就睡着了。

还有几个星期就是圣诞节了。生活正慢慢恢复正常。一些街头小贩重又在街上叫卖。雨水终于冲走了污秽，城市看起来重又光洁一新。然而，还是有很多人没了工作，其中一些开始从事替鹅卵石街道拔除杂草的工作。还有些人则在街头乞讨。

两天前卡帕利夫人从多金回来了，把一只黑猫装在篮子里带了回来。（她的黄猫夏天的时候不见了，虽然我们没告诉她，但很有可能是被抓狗人抓走了。）这只猫的名字叫乌黑，这让爸爸几个月来第一次哈哈大笑。

"多有创意啊。"他边说边笑，直到笑出了眼泪。他擦了擦眼睛，可马上又忍不住大笑了起来，根本停不下来。玛吉和我交换了个眼神，因为如此有趣的一幕实在难得，可我们却很高兴他比从前开心了。他依然像我一样为内尔姨妈感到悲伤。现在我搬进了她的卧室，这间房间比我的阁楼更大（这意味着要找一个新的地方藏这本日记）。虽然我长得不像她，可我将她最喜欢的软帽挂在我的壁炉架上，下面放一小束迷迭香，以此纪念内尔姨妈。

卢克来看了我，这让玛吉心生醋意，我不知道她为什么要吃醋，她的乔恩还活着呢。卢克正在为一出一月将在公爵剧院上演的戏剧排练。（与此同时，他用瘟疫期间赚的钱买了辆货运马车，于是他一边等待着在舞台上声名远扬，一边还能受雇当运货马车夫。）其实他在这出戏里只有十句台词，可他却非常引以为豪。他用恰如其分的演技为我们从头到尾朗诵了这十句台词。爸爸已经答应，等到新年开演的时候，我们可以去看他的演出。

不知道 1666 年会带给我们什么呢？

1666 年 8 月 5 日

礼拜日。去圣安德鲁教堂。一次漫长的布道。约七个月前我遇到了爱德华·贝尔，于是完全沉浸在兴奋之中，把我的日记本抛到了脑后。那天是1月9日，这一天将永远被我铭记于心。极其偶然地，我跟玛吉正往泰晤士河走，要去见她的乔恩。我们原本打算直接去市场，可玛吉一天不见他就受不了。起初我觉得挺浪漫的，后来又觉得这么做很愚蠢，可现在我理解了。我希望爱德华就住在伦敦而非达特福德。

（他最新的一封信用四个吻结尾。开头是"我最甜蜜的爱丽丝"，结尾是"你挚爱的爱德华"。我已心满意足。）

正当玛吉和乔恩偷偷接吻的时候，我无所事事地等在轮船的台阶旁边，一眼便看见了格拉顿太太。她正从一艘渡船上下来，一个年轻人跟她在一起——不高不矮，却身材结实，长着一头乌黑的鬈发和棕色的眼眸。爱德华，她的外甥，二十一岁，正在与我热恋。可我们第一次见面时我却没有对他多加注意，因为尽管他长着一张好看的嘴和一口漂亮的牙齿，却并非帅气逼人。内尔姨妈常说："心美貌亦美。"我从来不明白这句话的意思，可对我来说我爱的是这个男人而非他的脸蛋。(事实上我自己也并非十全十美。)可是爱德华性情温和,还能让我开怀大笑。

我们给彼此写信,偶尔见面。爸爸和我招待格拉顿太太、贝尔太太(爱德华的妈妈)和爱德华吃了晚餐,他们也来拜访过我们。爱德华的寡母接管了她丈夫的药房,而爱德华还在学习阶段。她能把一列数字加起来,速度跟男人一样快,这给我留下了极其深刻的印象。没有任何事情能阻挡她的脚步。她从五湖四海购买药材,以最合理的方式同医生和病人之类的顾客交易。目前她雇用了一名年长的助理,不过有朝一日爱德华将与她共事。他已经可以用拉丁文读写了,正在学习草药和其他药物的知识。而我,也已经决定尽我所能地学习。(我学会了用拉丁语说"爱"。Amo, amas, amat……我告诉他这些就够了。)我还读了些爱德华的书,发现都很引人入胜。如果瘟疫卷土重来,我会发现站在药房的柜台后面是件何等奇怪的事。

爸爸对爱德华很满意,也知道我多么渴望长大成人后嫁给他。他希望我们能成双成对,但也担心我是否配得上他。我生日的时候,他送了我一整年的舞蹈课程。

由于瘟疫对爸爸的事业造成重创，我再也没有收到他曾许诺过的珍珠项链（因为病了好几个星期，他没有任何进账）。可现在我长大了，也更聪明了，知道当人们都生活在贫苦之中的时候，没有珍珠项链根本无关紧要。

爸爸重又埋头工作，大多数时间都下班很晚。玛吉依然在我们家工作，虽然因为怀孕她很快就要离开我们。为了有一天（但愿如此）我能成为贝尔太太，我现在十分勤快地练习厨艺，因此主要由我来做饭。有这样一个博学的丈夫，毫无疑问我们都应该感到高兴，而我必须拥有一些万无一失的菜谱才行。

星期六爸爸和我乘坐出租马车前往达特福德。今天是贝尔太太的生日，要是天气晴朗我们要漫步田野，跟他们一起享用晚餐。上一次我们见面的时候，饭后我们一同作曲（爱德华有副好嗓子），很晚才回家，度过了一段愉快的时光。在夜晚旅行从来都是一次冒险。

9月2日

礼拜日。我们短暂拜访了约翰叔叔一家，今天清晨回家。尽管月亮还悬挂在天际，我们却惊讶地看见一道亮光在河面上的天空闪耀。我们靠近河流，马车夫指着河水大喊：

"瞧那儿。靠近桥梁的地方。又着火了。"

我们立刻看到他是对的。在人口密集的木头房子里经常发生火灾。根据方向判断，爸爸觉得是在新鱼街或者泰晤士街上方的布丁巷。我们来到河边，像往常一样过河，惊叹于映在河面上那耀眼的火光。爸爸摇了摇头，说由于布满木梁的沥青的缘故，这些建筑物会像葬礼上的柴堆一样熊熊燃烧。

我们到家了。我筋疲力尽，没法再写了。

同一天晚些时候

又去了教堂，发现会众们群情激动。似乎我们早先时候看见的那场大火还在燃烧，而且受灾范围已经扩大了。人们窃窃私语，传言说烈火是由一名企图摧毁这座城市的天主教徒引发的。我们在去教堂的路上还听到了另一种流言，说这是面包师的炉子制造的一起事故。他们说面包烤好后炉火没有被妥善熄灭，在面包师睡觉的时候重新燃烧了。似乎那个可怜人（名叫法诺），带着他的家人从屋顶逃走了，但是死了一个女仆。爸爸相信这才是实情。（不过如果真是天主教徒干的，我希望他们能逮捕这个家伙。）

离开了教堂，我们向着大火的方向走去，但却无法靠近，只看见那块区域浓烟滚滚。大街被带着全部财产从大火中逃生的人们挤得水泄不通。他们说火势正在蔓延，已经烧毁了鱼街上的一家旅店和圣玛格丽特教堂。从东面吹来的风很大，我们周围的天空中火花飞溅，可能是纸张或者布料。

我们到家的时候还能闻到烟味。

当卡帕利夫人愁容满面进屋的时候，我们正在吃午饭。她告诉我们大火完全失控了，已经蔓延到了伦敦大桥。我们惊恐地看着她。

"桥上的屋子全都着了火，"她告诉我们，"落入水中。街上挤满了人、货运马车和四轮马车，车上载满了家居、寝具和衣物。人们纷纷逃离家园。"

她用一只手捂着心口，深呼吸了一下。

我说：“卢克会很忙的。他现在拥有自己的马匹和货运马车了。”

“那么他会再大赚一笔，”她哭着说，“人们为了将贵重物品送去安全地带，正支付五到十英镑的高价。”

这真是一大笔钱，我觉得她一定夸张了，可却没有说什么。

爸爸的同事，韦伯德先生，住在菲尔波特巷，离火灾区域很近，于是爸爸决定赶去那里提供帮助。他让玛吉和我留在家里，便匆匆离开了。

卡帕利夫人回她自己家去了，玛吉和我清理了餐桌，洗了碗碟。

玛吉笑着说：“他怎么知道我们在哪儿呢？只要我们在他回来前在家就行。”

想到自己已经不是个孩子了，我点了点头。内尔姨妈是不需要得到许可的。“我的想法跟你如出一辙。”我对玛吉说。

我们从屋子里溜了出去，立刻感受到了笼罩在城市上空、遮云蔽日的滚滚浓烟。灰色的烟尘犹如一股细雨，我们害怕把它吸进肺里，于是以手遮脸。我们快步跑向河边寻找乔恩，耳畔萦绕着火焰发出的沉闷低吼。我觉出一丝不安，却什么都没说。我们一起推开前面将轮船阶梯挤得水泄不通的人群，却不见乔恩的踪影。取而代之映入眼帘的是与瘟疫中最糟糕的时日不相上下的惨烈一幕。河畔散落着包袱、盒子和家具。更多的东西正从货运马车上卸下。人们的脸上粘着烟尘，污秽不堪，许多人的脸上布满了泪痕。船只们争抢着位置，所有人的眼睛都惊恐地大睁着。他们走下阶梯，有的大包小包，有的则两手空空，于是绝望的人群立即爆发出一阵抢夺。

"他在那儿。"玛吉大喊，接着我们看见了乔恩的身影，他的船上也一样满满当当。玛吉向他挥手，可他却并没有看见她，"他今晚也会大赚一笔。"

在我旁边，一个老人紧抓着一捆毯子和枕头。突如其来激增的人流令他猝不及防，失去了控制，伴随着一声惊骇的呼喊他跌入水中。

"救救我！"他惊声尖叫。

他的假发漂浮在水面上，几个冷酷无情的家伙看见后哈哈大笑。我蹲了下来，把手伸向他，可是距离实在太远了。他不肯放开手里的寝具，立刻就从楼梯平台的地方被冲出了几码远。

"救救他，"我回头对着人群大声疾呼，"把他从水里拉上来。"

他的表情惊恐至极，但那一捆寝具让他浮在水面上。

"他会被船撞倒的，"玛吉大喊，"也有可能挤在两艘船之间被压死。"

这么看来可能性极大。我多么希望自己会游泳，可我知道跟着下水肯定会让我们两个都没命。万幸的是，就在这时候，一个年轻人挤开人群，跳入湍急的河水之中。当救助者够到落水的男人、将他安全得到远处河岸上的时候，人群爆发出一阵欢呼。

我立刻离开河边，以免自己成为第二个掉下去的人。我被这突如其来的变故吓坏了，因为它让人回想起去年的瘟疫所带来的恐怖情绪，那时候死亡日日都在发生。我知道我们本应该待在家里，于是责怪自己竟然允许一个女仆带我经历如此愚蠢的冒险。

"我们不能留在这儿。"我对她说，然后拖着玛吉挤上台阶。

在惊恐中横冲直撞的人群把我们逼得无处可走，只能离大火越来越近。我们看见了市长和几个市议员，但他们似乎也同样不知所措。

"拆掉几幢房子，"一个男人催促他们，"为大火建造一道屏障。这样火焰就不会从一幢屋子跳到相邻的另一幢。把它们拆掉，我说。马上下令。"

可是市长却犹豫着说如果他这么做的话，市镇就要担负重建房屋的费用，而那将是一项沉重的负担。我们来回徘徊，等待着他的决定，在经历了许许多多争论以后，这个建议终于得到了同意。三幢房屋被选定拆除，志愿者被组织了起来。他们用长长的金属火钩控制住第一座屋子突出的部分，齐声高喊。

"让开。"

"后退，再后退。"

我们立即退开很远。他们拉啊拉，汗水从脸上滴落。突然一堵山形墙松动了，向前倒去。接着建筑物正面的上半部分、房屋的正面轰隆一声倒在街上。空气中扬起了一片尘土，让我们咳嗽起来。石膏碎片四处飞起弹落。一个男人的手臂被碎片击中，于是破口大骂，鲜血开始从伤口涌出。

"我们看够了，玛吉。"我口气坚决。不顾她的恳求，我举步离开。玛吉不情不愿地跟着我，不时回头张望。

"来不及了，"她哭着说，"大火早就已经越界了。"

我点点头，可我渴望快点儿离开现场。热浪滚滚，我的喉咙又痛又干，眼睛也很疼。谢天谢地我们回家了。

爸爸回来了，筋疲力尽。韦伯德一家带着他们值钱的东西逃出了城，除非风向转换，不然他们家很快就会被付之一炬。他们祈祷等他们回来的时候他们的屋子还在，可爸爸对此却很悲观。市长正在调用军队维持秩序，防止抢劫事件的发生。

同一天晚些时候

我想听听关于火灾的消息，于是带着乖乖出门散步，结果迎头就遇见了一小群人。他们正在听一个皮肤黝黑的大块头女人高谈阔论。她脑袋上顶着一捆货物，肩上挂着盆盆罐罐。

"爱信不信，反正我说的是事实。荷兰人为了报复已经向伦敦开炮了，还焚毁了我们的房屋。我家已经被烧了，而且——"

"报复什么？"一个怀抱婴儿的年轻女子问。

演讲者眼珠一转，为女子的无知而绝望。"报复什么？为了我们在海上取得的胜利。你难道不明白吗？我们的水手对抗他们的舰队，不是大获全胜了吗？我方数百名水手在班德里斯向他们的船只开火，烧毁城镇。我们杀了几千敌军。"

我没有开口，不过我已经从爸爸那里听说了这个传言，他是从佩皮斯先生那儿听来的。

一个年轻人问为何他对此事一无所知。

"因为你不听，"她冲他摇摇手指，大声呼喊，"我儿子在鲁珀特王子港任水手，他告诉了我。"她得意地环顾四周，"现在他们派坏蛋放火烧伦敦。像我这样的人只能去穆尔菲尔兹，因为我已经无家可归了。感谢上帝，天气晴朗，我们今晚就要睡在星空之下了。"

她突然转身，迈着大步走远了，有那么一会儿，人群沉默地看着她离去。穆尔菲尔兹。我想起那里的洗衣房每天都要把衣物铺在外面晾晒。但愿那些衣服的主人早已将衣服收起来了，因为掉落的灰烬会把衣服弄脏。幸好我们有一个小院子可以晾晒衣物。

有人说："我们应该祈求雨水将大火熄灭。"

我们忧虑地看着彼此。

一个老人摇了摇头。"我听说是天主教徒干的。"

我问他："可他们跟我们有什么冤仇？他们友好地跟我们生活在一起。"

此刻每个人都全神贯注地听他说话，而他则用一根粗短的手指拍了拍一侧的鼻翼。"友好？"他深吸一口气，"永远别信任天主教徒，他们想要一个天主教国家，那就是他们的冤仇，如果你想这么说的话。而我，管这叫阴谋。他们想要英格兰变回亨利八世同罗马教皇一刀两断前的样子。他们伺机而动，现在他们有机会了。"

周围爆发出愤怒的低语。

"可大火是场意外，"这言论令我心生忧虑，我急忙提出反对意见，"事故发生在布丁巷的一家面包店里。"

他轻蔑地把头一扬。"就算是这样，可又是谁点燃了面包师的炉火呢？他发誓睡觉前已经把炉子清空了。我听说他们已经逮捕了几个天主教徒，有人目击他们往教堂扔燃烧的火球。他们以为自己会逍遥法外，却被人看见并且举报了。"

乖乖选了这个时候去追一只猫，猛地一拉，差点儿把我的胳膊拽脱臼了，于是我没有听到更多的指控。等爸爸从办公室回来的时候，我要问问他是否知道更多的消息。

出乎我意料的是，我得知大火依旧熊熊燃烧着，而且火势越变越强，离熄灭还早着呢。大火已经越过河畔，受变化的风向影响向北蔓延。人们说大火已经贯穿至泰晤士街及以西的区域。若火势往东走，燃至齐普赛街，金匠们就很难救下他们的金银财宝了。我朝着火灾现场走近了几步，发现难受得无法前行。空气灸热，天空中盘旋着灰烬和燃烧的碎片。燃烧的木头的气味清晰可辨，当火焰和热浪升向天际，一阵沉闷的咆哮声传来。巨大的烟幕飘至头顶，连阳光都暗淡了下来。空气中弥漫着恐惧，每个人的脸上都混杂着绝望与失落。不但是因为损失了私人财物，更是因为伦敦，有人说这座城市已被烧毁了三分之一。

我回到家，喝了一碗玛吉准备的稀薄而无味的炖汤。她心情不好，抱怨说被困在屋子里毫无乐趣可言。我坐在床上写下这些，乖乖在我身边。希望没有猫猫狗狗被大火吞噬。火灾之后一定会有许多无家可归的动物。

同一天10点

我头疼欲裂，肩膀也伤得厉害，但我能做到……

饭后我被自己的好奇心和玛吉打败了，于是冒险外出。玛吉把奶酪和面包包在一块布里，下定决心要找到乔恩·鲁德，并且坚信他一定没时间找吃的。我满心希望能收到亲爱的爱德华的信，可现在看来不太可能。一夜之间陶门邮局已付之一炬。他一定会为我担心，祈祷我能平安无事，而我也一样。

我希望我们能离大火近一些，可是街上拥挤的人群让我的希望落了空——到处都是带着能抢救出来的财产奔走的男男女女。狭窄的街道被挤得水泄不通，大多数人既害怕又愤怒，抑或一头雾水。市长已经要求军队到任何他们帮得上忙的地方提供帮助。我们同时获悉查理国王本人也身临现场。他漂亮的衣服被烟灰弄得黑乎乎的，做工精美的靴子也被用来灭火的水弄脏了。据说约克公爵也在别处帮忙传递装满水的木桶。

玛吉往河边走，于是我们分道扬镳，我向着家的方向走去。这一天之中已经历了太多不幸，我不知道为何上帝又一次惩罚了我们。无论我们犯下何等罪孽，我们全都应该乞求原谅。我想花些时间诚心祷告，于是二话没说便走进我遇到的第一间教堂。让我大感意外的是，那里人声鼎沸，挤满了火灾难民。他们茫然无措地坐在一处，但也有人孤身一人，旁边放着各自的财物，许多人哭红了眼圈。我觉得自己像是个闯入者，正想逃离，就在这个时候，在我身边的圣水盘附近爆发了一场混战。

所有人都转过头来，然而由于深陷于无精打采和绝望的精神状态中，没有一个人采取行动。我看见一个可怜的女人紧抓着一只大包裹不放，而一个魁梧的流氓则试图从她手里将它夺走。他蓄着一把乱七八糟的络腮胡，头发稀疏。我紧紧抓住他的袖管。他用胳膊肘痛击我的胃部，有那么一会儿我直不起身来，可我又重返战局，此刻愤怒更胜于恐惧。

"放开她，"我大叫，"不然我就叫人逮捕你。"

他扇了我一巴掌，以此回敬我鲁莽的举动，我感觉到了鲜血那酸楚的味道，这让我吓了一跳。（我的嘴唇被牙齿伤到了。）女人开始对着他尖叫，可他最后用力一拉，从她那里夺走了包裹，转身逃跑。我又一次抓住了他的手臂，咬着牙不肯放手，这让他无法挣脱。他咒骂着转过身来，用拳头猛击我一边脸颊。在我跌倒的那一刻，他使足力气踢了我的小腿一脚。

就在这时，另一个男人穿过走廊向我们跑来。发现很快就能得到帮助，我紧紧抓住包裹，像只蚂蟥似的不肯撒手。那家伙突然伸出一只手臂，将我向后扔去，于是我跌在石头圣水盘上。我撞到了脑袋，接着失去了意识。当我清醒过来的时候，那家伙已经被抓住了，并被拖去交给当局。女人又一次紧抓着她的财物。她低头微笑着看着我，一边抹去眼泪，一边喃喃说着感谢的话。大火已经把她河边的家烧毁了，包裹里装着她在这世上所拥有的一切。我们的救助者扶我站了起来。

"这是我所有的财产，"她对我说，眼泪重又溢满了眼眶，"我眼看着我的家被付之一炬，成了一堆烧焦的木头，"说到这儿她喘了口气，"只剩下砖砌的烟囱。"

我能想象那是怎样一幅场景，原本曾坐落着一座座住宅的地方只留下一片乌黑的烟囱。当我们道别的时候，我也快哭了。我走上回家的路，依然觉得有点儿头晕。

现在我浑身各处都疼痛难忍，我的下巴肿了，嘴唇也裂开了，不过都会好的。爸爸看到我，吓坏了，可是对我的故事却并不感到惊讶。似乎小偷们正涌进这座城市，趁着一片混乱的时候偷东西。但愿大火能在早晨熄灭。爱德华不会看到我这般悲惨的状态，这让我心存感激。

卡帕利夫人过来敲门，她正在寻找乌黑，接着发现它在我们的院子里。听说了我在教堂的搏斗，她把我带去她家，给了我一碟柠檬奶油，这玩意儿很容易下咽，抚慰了我干燥的喉咙。

爸爸晚归了，说克雷文爵士被国王指派组织对房屋进行更大的破坏。他们希望用切断火源的方法灭火，为了保护人民将采取一切必要的行动。

"他将采取一切有必要的举措，"他告诉我们，"我对此人极为推崇。瘟疫期间，当其他人都逃走了的时候，他同我们站在一起。他对伦敦人民恩重如山。"

爸爸相信最坏的情况已经结束了。明天一早大火就将得到控制。

9月4日

星期二。伦敦依然燃烧着。我无法置信。今天爸爸不用去办公室，于是和我一起冒险外出。我们花了一个多小时看着伦敦最大的教堂悲惨的结局，悲伤不已。在骤风的影响下，圣保罗大教堂已经烧了一整天。我们得知大火是从教堂顶端燃起的，木质屋顶很快就着火了。我们跟一个偶尔为教堂做些小修小补工作的石匠聊了起来。

"我原本愿意将所有的钱都压在圣保罗大教堂会幸免于难上，"他摇着头对我们说，我们在安全距离看着眼前的一幕，"可是事实并非如此。瞧那些石头变得多么滚烫，四散分裂。还有，石墨都融化了，滴落在教堂里。"

他还没说完，只听一阵可怕的轰隆声，屋顶塌陷了。这让我们脚下的大地震颤，空气中满是燃烧的烟尘，几乎要让我们窒息。我们伤感地向后退去，然而却无人转身背对这可怕的一幕。伦敦的圣保罗大教堂正在我们的眼前被摧毁。这一定是上帝的预示。我希望这不是敌人的杰作。若真是他们干的，他们就会大肆庆祝。石造部分掉落的时候，在地上炸开来了，向四面八方散布滚烫的碎片。仅仅观看这场毁灭都开始变得危险起来。爸爸认为前一天我已经受伤了，于是坚持一起离开现场。

我们向河边走去，那里悲惨的房屋只剩下烟囱依然矗立在行将熄灭的灰烬之中。我想起教堂里的女人，不知她的结局如何。

"谢天谢地这些房子没有了，"爸爸发表评论，"它们曾是老鼠成灾的陋室。"

"可那些人要住在哪里？"

"当局会重建房屋，而且会造得更好。更适合居住的家园。"

他似乎坚信不疑，于是我没有辩驳，只是希望他是对的。我们回到家，用一餐冷冰冰的兔肉馅饼当作晚饭充饥。市场一片混乱，街头小贩所剩无几，这是玛吉唯一能提供的餐食。我筋疲力尽地上床睡觉，无法思考这个问题。大火会停止吗？

星期三

我欣喜若狂。临近中午的时候我在院子里替乖乖刷毛，我亲爱的爱德华竟然出现在我的身边。我一跃而起，搂住他的脖子。他看见我安然无恙，十分高兴——除了我身上的瘀青和破裂的嘴唇。他带了些鸡蛋和蔬菜过来，这可是眼下求之不得的东西——还有一些药物。他说他们药房里用来治疗烫伤的药膏和针对喉咙干燥的舒缓凝胶剂全都脱销了。许多药房都遭到了破坏，人们正往城区外围搜寻药物。

他写给我的信寄丢了——我猜或许是被大火烧毁了。可是能当面见到我的未婚夫是最开心的事。为了避开玛吉的顺风耳，我把他带到会客厅，把过去几天发生的事告诉他逗他开心。

"大火终于渐渐平息了，"他对我说，"火势被控制住了。局部地区依然在燃烧，可是火势已经大大减小。风势已经变小了，现在他们正忙着浇灭余烬。到处都是燃烧的木材和焦黑的石头，但我们已经目睹了最糟糕的一幕。从现在开始我们必须朝前看，而不是回顾过往。没时间后悔了。"

他的语气一如爸爸。他问我是否想要跟他一起冒险外出，可我说我已经看得够多了。我只想自在地跟他坐在舒适的客厅里。因此我们坐了一个多小时，直到他不得不离开。他要去看他的姨妈格拉顿太太，然后住一晚。出去的时候，他在我的耳边低语说他爱我，晚些时候他有个问题要问爸爸。

他不肯多说什么，于是我心慌意乱了几个小时，玛吉还威胁要"在我的身体里注入点儿理智"。可是，他言而有信，八点左右回来了，正式请求爸爸把我嫁给他——当我长大成人的时候。爸爸犹豫了，可最后他说"好"——既然三年的时光我都没有改变心意。我们不需要寻找住处，因为他家在药房楼上有房间，而我非常愿意跟爱德华的妈妈住在一起，并且向她学习。

现在我是世界上最幸福的姑娘。我们邀请了卡帕利夫人跟我们一起喝一杯，以示庆祝。下个星期我们会邀请格拉顿太太、爱德华和他的母亲吃晚饭，然后分享几首曲子。我多么希望内尔姨妈能跟我们在一起。

她一定会为我高兴的。我把这个想法告诉了爸爸。"如果内尔姨妈跟我们在一起的话，生活将完美无缺，"他露出微笑，"完美的生活没什么价值。"我应该料到他会这么说。他相信我们能从错误中学习，在苦难中成长。我知道他是对的，可至少一段艰难困苦的时光已经过去。过去几年来这座城市饱受苦难，可我在上帝的帮助下活了下来。伦敦将从灰烬中死而复生，而我满怀希望期待着未来——还有我最亲爱的爱德华在我身边。

历史背景

伦敦是十七世纪重要且繁荣的城市。然而，尽管有令人印象深刻的建筑和许多美丽的教堂，大多数人却居住在狭窄街道上的木结构房子里。这些住所拥挤不堪，用现代标准来衡量，其环境极其恶劣。排水系统或下水道设施鲜少，鹅卵石街道上的垃圾由"清道夫"收集，他们每日将垃圾耙在一起，然后转移到位于城市郊外的大坑里。

不幸的是，大多数时候，食物残渣等垃圾被到处丢弃，而这促成了老鼠的滋生。它们司空见惯，没人会多看一眼，然而这些老鼠身上却寄生着跳蚤，而这些跳蚤又携带着致命的黑死病病毒。人们花了很多时间和精力，试图将跳蚤从他们的家具、衣物和头发上除去，却也无能为力。当老鼠从暴发瘟疫的国家搭乘轮船进入英格兰时，很快就将病毒传染给了伦敦的人们，于是黑死病在伦敦暴发了。

这就是 1665 年在伦敦发生的一切。平民们对病因一无所知，继续着他们的日常生活，浑然不知灾难即将来临。

1666 年伦敦大火之后，上百座新房被建造，新建筑物由砖块建成。这样的建筑不易被老鼠栖居，那便意味着随着时间流逝，广泛传播的瘟疫将成为历史。

爱丽丝的日记是虚构的，可是十七世纪无论男女都有写日记的习惯，而且很多都被保存了下来。塞缪尔·皮普斯和约翰·伊夫林都描绘过十七世纪的伦敦生活，而前者的作品则成为了一本经典著作。

对能读会写的女性来说，"家庭用药簿"是常备册子。大多数小伤小病都在家中处理，女人们用草药治疗许多常见疾病。医院稀少，而就我们今日所知，手术过程中没有麻药。人们对占星术深信不疑，迷信思想广为流传。庸医生意兴旺，瘟疫期间尤是。

娱乐的形式多种多样。你可以在泰晤士河两岸造访剧院，包括环球剧院在内，许多莎士比亚的戏剧都在那里演出。人们演奏乐器——维金纳琴、六弦提琴和琵琶都很流行——还有作曲。有经济实力的人上歌唱课和舞蹈课。贫穷一些的人前往大大小小的集市，或观看杂耍艺人、踩高跷的人和杂技演员在街头表演。摔跤运动也拥有大批追随者。许多"娱乐"都涉及动物：跳舞的狗熊已是司空见惯的表演，用狗做诱饵惹怒公牛供人消遣，斗鸡被喜爱赌博的男人所热衷，赛马亦然。

对大多数人来说食物丰富多样。家用开支富余的时候，大量的肉类、飞禽和猎物被吃下肚子，伴随食物一同下咽的是法国红酒。穷人们吃面包、羊肉或奶酪，喝自家酿的麦芽酒。人们尽可能避免喝水，因为水里都是杂质。水果布丁和馅饼，果冻和"奶油"的食谱长盛不衰。鱼类取之不竭，牡蛎价格低廉。许多人以"街头叫卖"为生。他们头上顶着装有例如馅饼和橘子等食物的托盘，或挽着装有这类商品的篮子。他们大声"唱"着他们的商品，告诉家庭主妇和仆人们他们来了。

伦敦也为住在附近地区为数众多的农民们提供谋生之道。他们中的大多数人每天带着货物在市场售卖，于是新鲜鸡蛋、奶油、鸡、蜂蜜和蔬菜能在最佳保鲜期内被端上餐桌。码头则是另一商业繁荣的源头，轮船从英格兰其他地区以及国外进进出出。木材、煤炭、棉花、辣椒和许多其他必需品通过各种船只运来伦敦。沿着拥挤的河岸，仓库比比皆是，许多高度易燃商品被储藏在那里。泰晤士河同样也是从伦敦的一处去往另一处的最快通道，被称为渡船的船只可供出租，它们等在许许多多"船梯"旁，好让乘客上下船或渡河。

从政治意义上来说十七世纪是个多事之秋。英国受国会和君主统治，关于国家该如何管理和如何征税争论不断。国会和君主之间的矛盾日益加剧。最后查理一世得不到伦敦人民的支持，他前往约克郡，在那里他拥有有权势的朋友。内战爆发，战争结束时查理一世遭到逮捕，并被处死，奥利弗·克伦威尔宣称自己是代替国王的护国公。

克伦威尔去世后，查理二世被邀请作为国王返回英国，尽管掌握实权的依然是国会。1665 年大瘟疫蹂躏伦敦时，查理二世尚在其位，而一年以后，伦敦大火几乎将整座城市烧毁。

英国的官方宗教为新教，拥有其他信仰的人们和外国人一样受到怀疑。在大瘟疫及伦敦大火期间，英格兰正与法国及荷兰开战。外国人和天主教徒因为诸如此类的灾祸而被怪罪。

爱丽丝笔下的伦敦粗野、喧闹、熙熙攘攘，有超过八十所教堂鸣响钟声。大瘟疫期间死亡人数超过六万（达到当时伦敦人口的三分之一到一半之间），而幸存者们不得不重建他们支离破碎的生活。伦敦大火后超过十万人无家可归（幸运的是死难者极少），半座城市被烧为平地，也一样必须重建。它将变成一座更现代化的城市，它将重新繁荣昌盛——然而爱丽丝·佩顿笔下的伦敦却已经永远消失了。

大事年表

1603 年　伊丽莎白女王一世去世。苏格兰国王詹姆斯六世成为英国国王詹姆斯一世。

1605 年　火药阴谋。盖伊·福克斯企图炸死国会议员们和詹姆斯一世。他失败了，被处死。

1611 年　詹姆斯国王版《圣经》完成。

1620 年　朝圣者搭乘"五月花号"在美洲普利茅斯港登陆。

1625 年　查理一世成为国王。

1633 年　塞缪尔·皮普斯（1633—1703），著名的日记作者出生。

1645 年　内战。奥利弗·克伦威尔组建新模范军。查理一世被击败。

1649 年　查理一世受审，被处死。英联邦成立，并持续至 1660 年。

1653 年　克伦威尔成为护国公。

1658 年　克伦威尔去世。1660 年查理二世被恢复王位。1665 年，大瘟疫。

1666 年　7 月 2—5 日。伦敦大火。

1667 年　荷兰舰队在梅德韦河击败英军。

1685 年　詹姆斯二世成为英格兰国王。

1688 年　"光荣革命"。詹姆斯二世被打倒，逃往法国。

1689 年　威廉三世和玛丽二世成为英格兰国王和王后。

The Diseases and Casualties this Week.

		Imposthume	11	
		Infants	16	
		Killed by a fall from the Belfrey at Alhallows the Great	1	
A Bortive	5	Kingsevil	2	
Aged	43	Lethargy	1	
Ague	2	Palsie	1	
Apoplexie	1	Plague	7165	
Bleeding	2	Rickets	17	
Burnt in his Bed by a Candle at St.Giles Cripplegate	1	Rising of the Lights	11	
Canker	1	Scowring	5	
Childbed	42	Scurvy	2	
Chrisomes	18	Spleen	1	
Consumption	134	Spotted Feaver	101	
Convulsion	64	Stilborn	17	
Cough	2	Stone	2	
Dropsie	33	Stopping of the stomach	9	
Feaver	309	Strangury	1	
Flox and Small-pox	5	Suddenly	1	
Frighted	3	Surfeit	49	
Gowt	1	Teeth	121	
Grief	3	Thrush	5	
Griping in the Guts	51	Timpany	1	
Jaundies	5	Tissick	11	
		Vomiting	3	
		Winde	3	
		Wormes	15	

	Males — 95			Males — 4095		
Christned	Females — 81		Buried	Females — 4202		Plague — 7165
	In all — 176			In all — 8297		

Increased in the Burials this Week — 607

Parishes clear of the Plague — 4   Parishes Infected — 126

The Assize of Bread set forth by Order of the Lord Maior and Court of Aldermen,
A penny Wheaten Loaf to contain Nine Ounces and a half, and three
half-penny White Loaves the like weight.

1665 年死亡周报表每星期都在伦敦发布。报表显示死亡人数以及他们死于何种疾病。这张报表显示，仅一周时间就有 7165 人死于瘟疫

　　上方的画面展示了一幢屋子里的瘟疫受害者（地板上已然躺着一具棺木）。中间的图片展示了人们为逃离瘟疫正离开城市。在第三幅画面中，人们正被埋葬于巨大的坟墓中

一个穿着防护服的医生。长长的鸟
嘴部分可以容纳草药，人们相信这能抵
抗瘟疫

这幅木刻画展示了一辆抵达墓园的"死亡货运马车"。司
机摇响铃铛，警告人们他来了，并且大喊："把你们的尸体带
出来。"

这幅伦敦之景是从泰晤士河南边向北边的视角。伦敦桥（右边）已被商店和房屋覆盖。那座没有尖顶的大教堂是圣保罗大教堂。它在伦敦大火中被烧毁。新的大教堂由克里斯托弗·雷恩爵士设计，于1710年竣工

图片致谢

166 页：死亡周报表，由伦敦博物馆提供

167 页：1665 年伦敦大瘟疫（雕刻品）（黑白照片），约翰·登斯塔尔（活跃时期：1660—1693）私人收藏 / 布里吉曼艺术图书馆

168 页（上）：瘟疫医生，由伦敦博物馆提供

168 页（下）：死亡宣告，1665 年伦敦大瘟疫（木刻画）（黑白照片）英国画派（十七世纪）私人收藏 / 布里吉曼艺术图书馆

169 页：1666 年大火前夕伦敦全貌，无归属雕刻品，玛丽·埃文斯图片库